Myla Lion wurde 1985 in Leipzig geboren. Zahlreiche Reisen mit ihren Eltern in die tschechische Republik prägten ihre Kindheit. Vor dem Abitur absolvierte sie ein Austauschjahr in den USA. Später studierte sie Psychologie in Leipzig. Neben ihrem Hauptjob im therapeutischen Bereich schreibt sie am liebsten Gedichte, Kurzgeschichten und Romane über das Menschsein und die Liebe.

Myla Lion

Drei Haselnüsse
FÜR EIN
WEIHNACHTS
WUNDER

ROMAN

Erstausgabe November 2023

Copyright © 2023 dp Verlag, ein Imprint der
dp DIGITAL PUBLISHERS GmbH
Made in Stuttgart with ♥
Alle Rechte vorbehalten

Drei Haselnüsse für ein Weihnachtswunder

ISBN 978-3-98778-875-8
E-Book-ISBN 978-3-98778-865-9

Covergestaltung: ARTC.ore Design / Wildly & Slow Photography
Umschlaggestaltung: ARTC.ore Design
Unter Verwendung von Abbildungen von
stock.adobe.com: © chachamp, © Cara-Foto, © Hairem, © Anneleven, © EvhKorn
Lektorat: Manuela Tengler
Satz: dp DIGITAL PUBLISHERS GmbH
Druck und Bindung: Books on Demand GmbH, Norderstedt

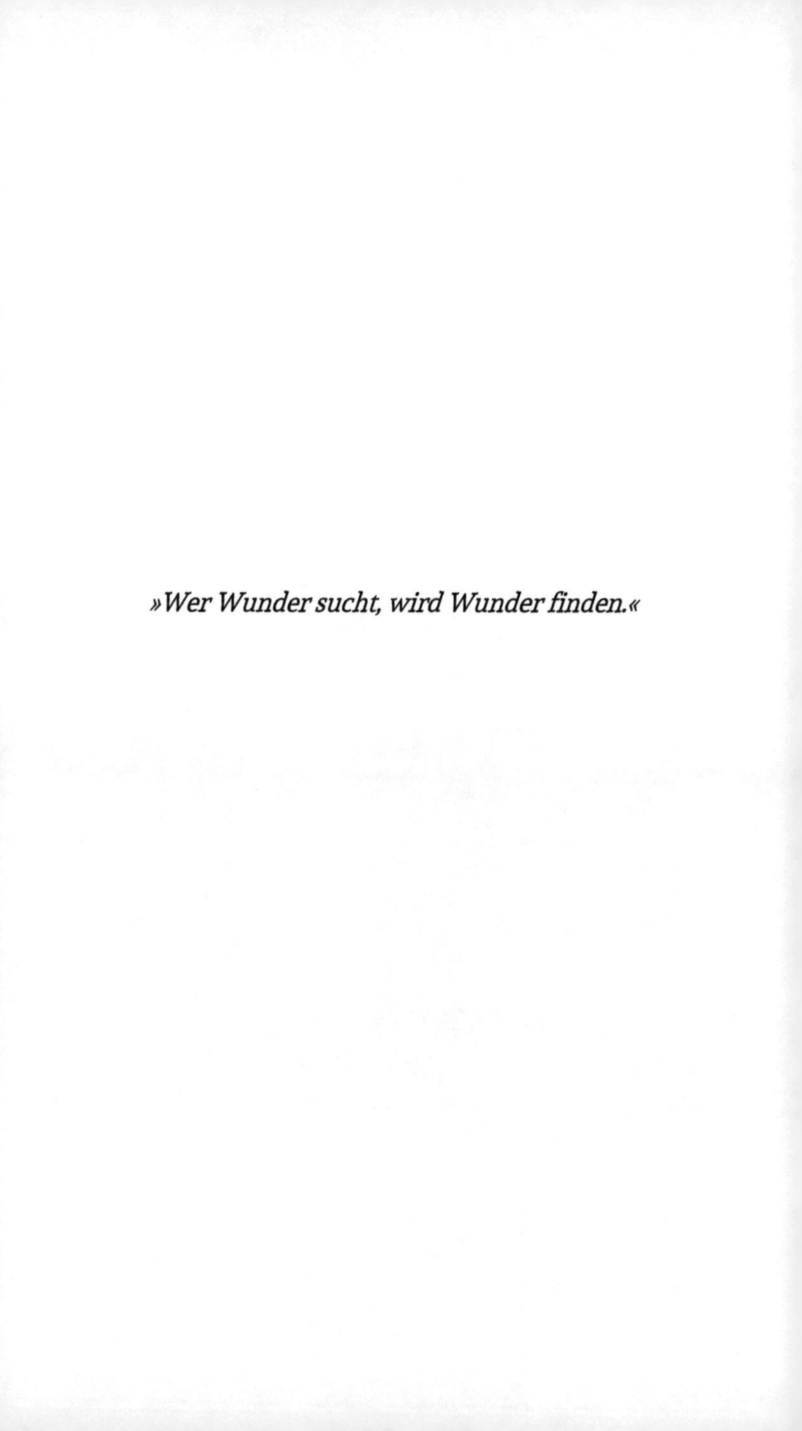

»Wer Wunder sucht, wird Wunder finden.«

Kapitel 1

Elli liebte Keramik, und ihr Geschäft. Es war die Erfüllung eines lang gehegten Traums. Der Geruch der handgefertigten Tonwaren in den vollgestapelten Holzregalen kitzelte ihre Nase. Über das Wochenende hatte sie ihre Aussteller zusätzlich mit Lichterketten verkleidet, und Weihnachtsdekorationen aus Keramik zwängten sich in jede freie Lücke. Besonders die handbemalten Keramikkugeln an einem baumförmigen Holzgestell liebte Elli. Sie waren leicht genug für echte Weihnachtsbäume und handbemalt ein richtiger Hingucker.

Leider suchte ihr Kunde nichts dergleichen. Seit einer viertel Stunde maß er Stück für Stück, inzwischen war er beim letzten Unikat ihres Ladens angekommen. Mit vor Aufregung zittrigen Fingern reichte Elli ihm die mintgrüne Vase mit geschwungenen Rändern und goldener Musterung. »Das hier ist ein zeitloses Stück. Es passt in jede Jahreszeit, nicht nur zu Weihnachten. Was denken Sie?«

Mit gerunzelter Stirn, die seine Altersfalten noch tiefer wirken ließ, drehte der Alte die Vase in seinen Händen hin und her. Schließlich entspannten sich seine Gesichtszüge und zarte Lachfältchen umrahmten seine faltigen Augen. »Die ist perfekt. Ich nehme sie«, sagte er und reichte das Stück an Elli zurück.

Am liebsten hätte sie vor Freude gequietscht, doch sie konnte sich gerade noch zusammenreißen und es bei einem entzückten Lächeln belassen. »Sehr gern. Ich packe sie Ihnen ein.«

Während der Mann mit dem schütteren Haupt ihr zur Kasse folgte, taute er endlich auf. »Wissen Sie, ich schenke meiner Frau so gern Blumensträuße; jede Woche einen, seitdem sie in der Pflege ist. Mit dieser Vase kommen die Sträuße noch besser zur Geltung. Sie mag grün; und sie ist mein Goldstück.«

Elli wurde warm bei diesen Worten.

Dreißig Dollar wanderten in ihre Kasse. Der Herr verschwand zur Tür hinaus und brachte das Keramikwindspiel zum Klingen. Der frische Luftzug, der in den Laden strömte, tat gut. Das Geld auch. Das war Ellis Geschäft, ihre Chance auf finanzielle Unabhängigkeit von Cliff. Leider könnte es besser laufen.

Ein weiterer Luftzug folgte, als kurz darauf Ellis Kinder das Geschäft betraten.

»Hey, Mom!«, rief Nathan und warf sich ihr an den Hals.

Behutsam nahm sie ihm den Ranzen vom Rücken, damit er in seinem Übermut nicht die vollgestellten Regale leer räumte.

Brooke schleuderte ihre Tasche daneben. Haarscharf schrammte sie an einem Aufsteller mit handgefertigten Karaffen vorbei und hielt vor einem Regal mit den dazu passenden Tassen. »Wie lange müssen wir hier noch rumhängen?«

Elli stieß die angehaltene Luft aus ihren Lungen, froh darüber, dass nichts zu Bruch gegangen war. »In einer Stunde kann ich schließen.«

»In einer Stunde?« Brooke warf die Arme in die Luft. »Da habe ich ja gar kein Leben mehr. Kann uns Tante Danielle nicht abholen?«

Elli mahnte sich zur Geduld mit ihrer Teenie-Tochter, konnte dennoch einen schärferen Tonfall nicht verhindern. »Tante Danielle hat heute Termine, das weißt du. Nutz die Zeit für deine Hausaufgaben, dann ...«

»Hab keine.«

»Okay, dann such dir eine Beschäftigung. Du könntest ...«

»Kein Bock.«

»Brooke!« Ellis Tonfall wurde schärfer.

Ihre vierzehnjährige Tochter verschränkte die Arme vor der Brust. »Ich hab mir nicht ausgesucht, hier sein zu müssen.«

Ehe Elli etwas erwidern konnte, stiefelte Brooke zur Ladentür hinaus. Klingelnd schlug die Tür in die Angeln, worauf das Keramikwindspiel über dem Eingang ein paar schnellere Runden drehte.

Elli starrte ihrer Tochter durch die verglaste Tür hinterher, hinter der Brooke mit verschränkten Armen stehen blieb und schmollend die Kapuze über den Kopf zog. Vielleicht war es besser so.

»Ist das die Pubertät, Mom?«, fragte Nathan.

Mit einem Seufzer auf den Lippen riss sie ihren Blick von Brooke los und wandte sich an ihren Neunjährigen. »Ja, aber lass das meine Sorge sein. Du konzentrierst dich schön auf die Elementary School.«

»Ich glaube, ich will keine Pubertät haben«, sagte Nathan und führte im Sitzen auf Ellis Kassendrehstuhl eine Pirouette. »Darf ich mit Ton basteln?«

»Hast du keine Hausaufgaben?«

»Wir bekommen freitags nie welche, weißt du doch.«

Elli schmunzelte. »Dann komm. Ich gebe dir ein Stück Ton, aber bring mir nichts durcheinander. Hinten stehen etliche Stücke, die frisch für die Gala glasiert sind.«

»Ich passe auf, versprochen.«

Der Verkaufsraum war das Herzstück ihres Geschäfts. Dahinter lag ein großer Werkstattbereich für ihren Brennofen und die Lagerregale. Dort schnitt sie Nathan eine Scheibe der weichen Masse von einem Quader und stellte die Töpferscheibe an. Dann ging sie wieder in den Verkaufsbereich und nahm hinter der Kasse Platz. Sie schnappte sich eine rotglasierte Schale, die sie vor dem Feierabend noch mit Mustern dekorieren wollte. Den verwilderten Dutt für ihre dünnen Haare zog sie fest. Bevor sie Pinsel und Farbtöpfchen zur Hand nahm, warf sie einen prüfenden Blick nach draußen.

Brooke stand noch immer vor dem Laden, kickte einen Stein umher und telefonierte – der gelösten Mimik nach zu urteilen mit einer Freundin. Elli und ihre Tochter waren sich einfach zu ähnlich. Nicht nur im Aussehen – blonde Haare, zierlicher Körperbau, ständig bemüht, zwischen allen anderen Menschen nicht kleiner als nötig zu wirken – sondern auch im Charakter – leicht zu verunsichern und voll intensiver Gefühle.

Sie hatte den weißen Farbbehälter kaum geöffnet, da klingelte ihr Handy. *Cliff* stand auf dem Display.

»Nicht jetzt«, murmelte sie, stellte das Handy auf stumm und legte es zur Seite. Mit dem Haarpinsel setzte sie weiße, schnörkelige Linien auf die rote Schale. Hin und wieder unterbrach sie die Linienführung für winzige Punkte.

Erneut vibrierte ihr Handy. Neugierig lugte sie auf das Display und ärgerte sich sofort. Frustriert legte sie ihr Malwerkzeug zur Seite und nahm ab. »Hallo Cliff, was willst du?«

Draußen vor dem Geschäft wurde es laut. Das Knattern von gepimpten Motoren lenkte Elli ab und zog ihre Aufmerksamkeit vom Telefonat auf Brooke, deren Blick sich hob und verfolgte, wer da näherkam.

»... dir reden?«

»Was hast du gesagt, Cliff?«

Drei Motorräder fuhren vor. Die Jungen, die abstiegen und die Helme abnehmend auf Brooke zuliefen, wirkten alles andere als bodenständig und brav.

»Ich wollte mit dir reden«, knirschte es durch den Hörer. »Es geht um nächste Woche.«

»Sorry, Cliff«, sagte sie ins Telefon, während sie Brooke fixierte, »jetzt gerade ist es ungünstig.«

»Bei dir ist es immer ungünstig. Ich will noch eine Sache mit dir abstimmen.«

Die drei Jugendlichen bauten sich um Brooke herum auf, die in deren Mitte ein paar Zentimeter schrumpfte. Ellis Tochter mühte sich ein Lächeln ab und strich eine blonde Strähne hinter die Ohren.

»Es ist doch alles besprochen«, sagte Elli ins Handy.

»Mach es nicht so kompliziert«, maulte Cliff.

Elli nahm das Handy vom Ohr. »Ich rufe später zurück.« Was er noch sagte, hörte sie nicht mehr. Sie legte auf und das Handy landete auf dem Tresen.

Geradewegs eilte sie nach draußen. Die zehn Grad Außentemperatur pressten sich kalt auf ihre Arme, doch Brookes Wohlergehen war ihr wichtiger als eine Jacke.

»… schon was vor?«, hörte sie einen der Jugendlichen Brooke fragen. Sie kannte ihn vom Sehen. Die gleiche braunhaarige Gelfrisur wie sein ekelhaft überheblicher Vater, größter Immobilienmogul in Washington County und damit auch Woodbury.

Ellis Tochter schüttelte den Kopf, eine Hand am Ellbogen des anderen Arms, als müsste sie sich dort festhalten.

Der Barrow-Junge, offensichtlich Anführer seiner Crew, beugte sich vor und flüsterte ihr etwas ins Ohr. Dann zog er seinen Helm wieder über und schwang sich auf sein Motorrad.

»Nimmst du mich mit?«, fragte Brooke. Ihre Stimme trug nur leise bis zu Elli.

»Sorry Babe, sind beschäftigt. Wir sehen uns.« Er legte zwei Finger an das Visier und die drei düsten davon.

Elli war heilfroh, dass sie zügig hinter der nächsten Ecke verschwanden.

Brookes Blick hingegen verfinsterte sich, als sie Elli entdeckte. »Na los, sag schon, was du sagen willst.«

»Jetzt fauch mich nicht an. Ich will nur wissen, wer das war.«

Brooke schob die Hände in die Jeanstaschen. »Das sind Kumpels von mir. Wir kennen uns aus der Schule.«

»Du meinst diese Typen, die wie Machos aussehen und sich auch so benehmen?«

Dafür erntete sie prompt ein bitterböses Funkeln aus den blauen Augen ihrer Tochter. Brooke kam näher und zeigte mit dem Zeigefinger auf sie. »Mom, nicht jeder ist wie Dad.«

Und schon entbrannte der nächste Streit zwischen ihnen. Wieso schaffte ihre Tochter es zielsicher, auf Ellis wunde Punkte zu drücken? Sie schluckte ihre aufkeimenden Gefühle hinunter und sah Brooke ernst an. »Das hat mit eurem Dad nichts zu tun. Häng einfach nicht mit denen rum. Das riecht nach Ärger.«

»Mom, ich bin alt genug und kann selbst entscheiden.«

Elli sah das anders. Die gesammelte Familie Barrow zog Ärger an, als wäre sie damit verheiratet. »Nimm dich in Acht. Wenn er nur ein wenig nach seinem Vater kommt, ist dieser Barrow-Junge kein guter Umgang für dich.«

»Mom, Damian ist nicht wie sein Alter! Er ist … viel cooler.«

Elli zwang sich zu einer ruhigen Reaktion, obwohl sie kurz vorm Platzen war. »Wenn du meinst. Pass bitte trotzdem auf, ja?«

Brooke antwortete nicht, sondern marschierte ins Geschäft hinein.

Elli stieß die Luft aus ihren Lungen aus und nahm einen weiteren kräftigen Atemzug. Brooke wollte ein typisches Teenie-Leben führen. Das war ihr klar, und es tat ihr leid, dass ihre Kinder den Laden mittragen mussten. Dieses Geschäft war ihre Chance, endgültig aus der finanziellen Abhängigkeit von Cliff herauszukommen, sich aus der ewigen Bettelei um Unterhalt zu lösen. Für die Kinder war das hart, für sie selbst noch härter. Sie konnte die zahllosen Nächte und Wochenenden nicht mehr zählen, die sie in ihre Selbstständigkeit steckte, damit es schrittweise bergauf ging.

Niedergeschlagen betrachtete sie ihren Laden, den andere vermutlich als noblen Holzschuppen abtun würden. Neben einer geräumigen Scheune gelegen, hatte sie das Objekt Anfang des Jahres günstig anmieten können. Nach wie vor verkaufte sie das meiste online, doch ihre Bekanntheit in der Stadt wuchs.

Dieser Laden war gleich nach den Kindern ihr ein und alles.

Sie ging wieder hinein. Brooke saß inzwischen hinter der Kasse, im Handy versunken.

Nathan kam mit stolzgeschwellter Brust aus der Werkstatt. »Schau mal, Mom. Das kannst du für die Weihnachtsgala in zwei Wochen nutzen.« Er hielt ihr eine Schale hin, die keine fünf Finger hoch und windschief auf seiner Handfläche lag. »Die wäre eine perfekte Bonbonschale.«

»Da hast du recht«, sagte sie und nahm ihrem Sohn die Schale ab. »Mal schauen, ob sie rechtzeitig getrocknet ist. Wir müssen sie erst noch brennen.«

»Können wir dann endlich heim?«, murrte Brooke.

Elli seufzte und gab ihre Ziele für den heutigen Tag auf. Die Zeit rannte, wie sie mit einem Blick auf die Uhr feststellte. Sie hatte kaum etwas geschafft. Wieder einmal würde sie das Wochenende investieren müssen. Eigentlich hatte sie sich ihren morgigen Geburtstag anders vorgestellt; und das erste Adventswochenende in diesem Jahr auch. »Tante Danielle ist in den nächsten zwanzig Minuten hier. Ich räume schon mal auf.«

»Ich helfe dir!«, rief Nathan, was meist hinderlicher ausfiel, als sie sich wünschte.

Brooke knurrte: »Ich nicht.«

Mit einem Lächeln, das als Fassade gerade noch reichte, packte Elli Pinsel, Farben und fünf weitere Schalen in einen Transportkorb sowie ein Set Teller, die als Auftragsarbeit bis Weihnachten fertig bemalt sein mussten. Sie spürte den zunehmenden Druck in ihrem Inneren, den Kindern und ihrem Traum von der Selbstständigkeit gleichermaßen gerecht zu werden. Dazu wollte sie möglichst wenig Belastung für ihre Schwester und deren Frau zu sein. Sie hatte keine Ahnung, wie sie aus ihrem persönlichen Hamsterrad aussteigen sollte, und hoffte im Stillen, der Tag möge einfach enden.

***

Eine Stunde später bogen sie in die Einfahrt von Danielles Haus ein. Wie jeden Tag durchzuckte Elli das schlechte Gewissen, dass sie hier nahezu kostenfrei logierten.

Ellis Schwester fuhr den Pick-up in die geräumige Garage. Kaum stand das Auto, stürmte Brooke ins Haus.

Nathan nahm Ellis Hand und drückte sich an sie. Sie erwiderte die Umarmung und ging mit ihm ins Haus. Die Arbeit der letzten Tage saß ihr in den Knochen. Müde schielte sie in Richtung Couch. Sie sehnte sich nach einer Pause, aber das ging noch nicht.

»Wie weit bist du?«, fragte Danielle, nachdem Nathan im Bad verschwunden war.

Elli nahm die außergewöhnlich schönen Teller, die sie vor Jahren selbst gefertigt hatte, aus dem Schrank. Es waren ihrer ersten Erfolge von der Töpferscheibe.

Sie liebte die zarten Ringe, die sich unter der Lackierung über die Oberfläche zogen, kombiniert mit dem gefleckten Türkis der Glasur. »Die letzten Stücke für die Gala mache ich am Wochenende fertig. Außerdem wollte ich noch ein paar Krüge lackieren, dann ist alles vorbereitet.«

»Die Leute werden deine Produkte lieben«, sagte Danielle mit einem warmen Lächeln und nahm eine Servierplatte aus dem Schrank. »Wie viele Anmeldungen hast du denn?«

Elli brachte die Teller zum Tisch und kam zurück für Besteck und Gläser. »Erst drei. Ein lokales Unternehmen und zwei Damen aus deiner Kirchgemeinde.«

»Das wird. In zwei Wochen kann noch viel passieren. Erinnere einfach über deinen Newsletter daran.« Danielle stellte die handgefertigte Servierplatte mittig auf den Tisch, der unweit des Tresens in der offenen Wohnküche stand. Die Platte hatte die Form einer Pizza mit gewölbtem Rand und der Andeutung von Pizzastücken im Inneren. Elli hatte sie kurz vor der Eröffnung ihres Onlineshops als Ansichtsexemplar gefertigt; seither war es ihr Verkaufsschlager, wenn man das trotz der bescheidenen Verkaufszahlen so nennen konnte.

»Ich hoffe wirklich, es kommen noch ein paar mehr Anmeldungen rein. Diese Gala ist meine Chance, mich bekannter zu machen und Geschäftspartner zu werben. Meine gesamten Ersparnisse stecken in dem Geschäft.«

»Eben. Mittlerweile kommt zumindest die Miete rein und du kannst erste Gewinne reinvestieren.«

»Das reicht aber lange nicht, um davon leben zu können.«

»Das wird schon.« Danielle schnitt zwei Äpfel auf.

Elli nahm eine getöpferte Schale aus dem Schrank und stellte sie neben das Schneidebrett. »Wenn ich ein paar gute Deals ernte, können wir endlich in eine eigene Wohnung ziehen. Es tut mir echt leid, dass du uns aushalten musst.«

Danielle hielt inne und legte das Messer beiseite. Sie drückte ihre Hände in Große-Schwester-Manier auf Ellis Schultern und sah sie ernst an. »Ihr wohnt so lange hier, wie es nötig ist.«

»Wir liegen euch schon ewig auf der Tasche. Seit der Scheidung kämpfe ich noch stärker um den Unterhalt. Wenn Cliff wenigstens zuverlässig zahlen würde, könnte ich mich häufiger an den Kosten beteiligen.«

Danielles Blick blieb ungebrochen ernst. »Es sind erst zwei Jahre und es dürfen noch einmal zwei werden, wenn es notwendig ist. Wir sind Familie. Wir halten zusammen.«

Ellis Hände zitterten. Sie wollte Danielle nicht auf der Tasche liegen, wünschte für ihre Kinder mehr als ein geteiltes Haus und für sich persönlich finanzielle Sicherheit. Der Laden musste endlich Gewinn abwerfen.

Zaghaft nickte sie und atmete dankbar durch, als Danielle von ihr ließ. Im Eilschritt brachte Elli die geschnittenen Äpfel zum Tisch, einfach um allein zu sein. Wieso war alles derartig verzwickt? Hätte Cliff sich nicht zusammenreißen und die Beziehung mit ihr zusammen retten können?

Mist! Cliff!

Sie zog das Handy aus der Hosentasche und suchte die Nummer im Telefonbuch heraus, als die

Eingangstür aufschwang und Danielles Ehefrau Lindsey mit drei Pizzakartons beladen das Haus betrat.

»Warte!«, rief Elli, legte das Handy zur Seite und eilte zu ihr. »Ich nehme dir etwas ab.« Geschickt balancierte sie die heißen Kartons zum Tisch und legte von allen Sorten ein paar Stücke auf die Platte. Dann rief sie die Kinder, während Lindsey die Winterjacke abstreifte und aus den Stiefeln stieg.

Kurz darauf versank Lindsey in einem innigen Kuss mit Danielle, der Elli neidisch werden ließ. So liebevoll hatte Cliff sie in den letzten Jahren nicht geküsst – vielleicht auch noch nie. Arm in Arm verschlungen, standen Danielle und Lindsey vor der Küchentheke. Elli hatte wie jeden Tag alle Mühe, nicht hinzustarren wie ein kleines Kind, das lernen musste, wie es richtig ging.

Sie wandte sich verlegen ab und nahm Platz am Tisch. Kurz darauf saßen alle, und nach einem von angeregten Gesprächen begleiteten Abendessen waren die Pizzen und das Obst bis auf die letzten Krumen gegessen. Die Uhr zeigte weit nach 22 Uhr. Viel zu spät, selbst wenn morgen Wochenende war.

»Es ist Zeit fürs Bett«, mahnte Elli bemüht, ihre Stimme fest klingen zu lassen.

»Mom«, sagte Nathan. »Du hast uns gestern versprochen, dass wir heute noch vorgelesen bekommen.«

Verdammt! Das hatte sie getan, nachdem sie gestern bis in die späten Abendstunden Mails beantwortet und ihre Buchführung auf den aktuellen Stand gebracht hatte. Ihre Schultern sanken nach unten. »Da wusste ich noch nicht, dass sich der Abend ziehen würde.«

»Das ist unfair«, maulte Nathan.

Brooke nickte. »Dad hat auch immer etwas versprochen und es nie gehalten.«

Die Dad-Erpressertour. Elli spürte, wie ihr Widerstand innerhalb von Sekunden in sich zusammenfiel. Natürlich war das nicht wirklich vergleichbar mit Cliffs ständigen leeren Versprechungen, aber sie wollte sich nicht die Blöße geben, so zu sein wie er.

»Also gut. Was wollt ihr denn ...«

»*O Popelce*«, grölte Nathan.

Brooke schüttelte entsetzt den Kopf. »Bloß nicht die alte Kamelle.«

»Das ist keine Kamelle«, sagte Nathan. »Das ist ein Erbstück von Uroma, und wir haben die Geschichte lange nicht gehört.«

Brooke pickte einen Pizzakrümel von ihrem Teller und schob ihn in den Mund. »Nein, keine Lust.«

Elli räumte die ersten Teller vom Tisch in der Hoffnung, die beiden mochten eine Einigung finden.

»Bitte Brooke«, bettelte Nathan.

»Was kriege ich«, entgegnete sie, »wenn wir deinen Vorschlag nehmen?«

»Ich bringe die nächsten Tage den Müll für dich raus.«

»Nö, zwei Wochen lang.«

Nathan verschränkte die Arme. »Niemals! Vier Tage!«

»Zehn«, hielt Brooke dagegen.

Nathans Augen wurden kleiner. »Na gut, fünf.«

»Sieben«, sagte Brooke. »Letztes Angebot.«

Nathan hielt einen Moment inne, dann streckte er Brooke die Hand entgegen. »Deal.«

Okay, das war nicht ganz die Einigung, an die Elli gedacht hatte, aber es war akzeptabel. Sie gab sich große

Mühe, die aufkeimende Müdigkeit zu bekämpfen. Der Tag war zu lang gewesen, genau wie die letzten.

Danielle lächelte. »Such das Buch raus, Elli. Ich übernehme das Vorlesen.« Sie stand vom Tisch auf und sank mit einem Ächzen neben ihrer Frau in die Polster. Binnen weniger Herzschläge saß Nathan neben ihr. Brooke nahm im Schlurftempo neben Lindsey Platz.

Ihre Kinder wirkten gar nicht müde – im Gegensatz zu Elli. Sie könnte im Stehen einschlafen. Gott sei Dank war morgen Wochenende und sie musste nicht aus dem Haus.

Ergeben ging sie zum Regal, öffnete die Glasfront und zog das Buch hervor. Ein alter, mit Goldlettern verzierter Einband mit tschechischen Märchen. *O Popelce* war ihrer Urgroßmutter das liebste gewesen. Immer wenn Elli und Danielle sie besucht hatten, las sie es vor. Die gebürtige Tschechin war im Zweiten Weltkrieg in die USA geflüchtet mit nichts als diesem Buch unter dem Arm und ihrer Kleidung am Leib. Auf diese Weise beschrieb sie es stets. Deshalb hatte das Buch einen Ehrenplatz im Herzen der Familie und war nach dem frühen Tod ihrer Eltern an Elli und Danielle gewandert.

Elli trug es mit einem Lächeln zur Couch, wo Danielle es ebenso ehrfürchtig in ihren Schoß legte und vorsichtig öffnete. Dort, wo *O Popelce* in altmodischen Lettern verziert mit einem Haselzweig geschrieben stand, lagen handgeschriebene Blätter zwischen den Seiten. Die Übersetzung der Geschichte aus dem tschechischen Original.

Danielle begann mit ihrer angenehm tiefen Stimme zu lesen und Elli nahm neben Brooke Platz, um noch einen schönen Moment zwischen ihnen beiden zu schaffen.

»Ich hätte auch gern ein paar magische Haselnüsse«, sagte Nathan, den die Müdigkeit endlich einfing. Immer tiefer rutschte sein Kopf auf Danielles Schoß. Die Augen wurden kleiner, aber er kämpfte gegen den Schlaf.

»Die hätte ich auch gern«, seufzte Elli. An manchen Tagen fühlte sie sich wie Aschenputtel. Über hübsche Kleider oder die Liebe brauchte sie nicht nachzudenken, stattdessen klebte sie jeden Abend vor Dreck und Arbeit, die Hände ausgetrocknet, das Gesicht befleckt. Zum Glück hatte sie eine viel warmherzigere Familie, daran änderten nicht einmal die Dauerreibereien mit Brooke etwas.

»Vor mir Nebel, hinter mir Nebel, über mir die Sonne«, murmelte sie die Passage mit, die Danielle nun vorlas.

Ein paar Seiten später war das Happy End geschafft und die Uhr zeigte mittlerweile kurz vor Mitternacht. Deutlich zu spät.

Sie schälte sich von der Couch, bereit, Brooke und Nathan in ihre Zimmer zu schicken. »Das war eine absolute Ausnahme, ihr zwei«, sagte sie.

Die beiden warfen sich einen Blick zu, der sie an ihre eigene Kindheit mit Danielle erinnerte. Ehe Elli einen Ton sagen konnte, waren die beiden in ihren Zimmern verschwunden. Als sie ihnen folgen wollte, hielten Danielle und Lindsey sie jedoch zurück.

»Warte, wir haben noch eine Kleinigkeit für dich.«

Elli war kurz davor, aus Müdigkeit die Geduld zu verlieren, als Nathan und Brooke überraschend zurückkehrten. Ihr Sohn verbarg die Hände geheimnisvoll hinter dem Rücken. Da schwenkte die Wohnzimmeruhr auf Mitternacht und gab einen zarten *Gong* von sich.

»Happy Birthday to you!«, trällerte Lindsey los und die Kinder fielen in den Chor ein.

»Happy Birthday to you.« Ein vierstimmiger Reigen ergoss sich in Ellis Ohren.

»Happy Birthday dear Mom.« Diesmal war es Nathan, der besonders laut betonte, für wen das Lied bestimmt war.

»Happy Birthday to you.« Nathan kuschelte sich an sie und schlang die Arme fest um ihren Rücken.

Sie gab ihm einen Kuss auf den blonden Haarschopf. »Danke, Mäuschen.« Dann nahm sie Brooke in den Arm. »Danke auch dir.« Sie hauchte ihrer Tochter ebenfalls einen Kuss auf den Kopf, die das deutlich verhaltener entgegennahm.

»Übertreib es nicht, Mom.«

»Entschuldige. Ich wollte gebührend Danke sagen.«

Auch Danielle und Lindsey nahmen sie in eine feste Umarmung. »Herzlichen Glückwunsch, Schwesterlein. Möge es ein erlebnisreiches und erfolgreiches neues Jahr werden.«

»Danke.«

»Nun pack schon aus!«, rief Nathan und wedelte einen Umschlag vor Ellis Nase herum. Darauf prangte ein buntes Bild von hohen Häusern und einem Gefährt, das an eine Kutsche erinnerte.

»Was ist das?«

»Dein erstes Geschenk«, sagte Danielle.

Brooke nahm Nathan den Umschlag aus der Hand und drückte ihn Elli direkt in die Arme. »Öffne ihn.«

Elli setzte sich auf die Couch und öffnete das Kuvert. Darin fand sie einen Gutschein für ...

»Seid ihr verrückt?«

Danielle grinste. »Nicht, dass ich wüsste.«

»Ihr könnt mir keinesfalls eure Reise nach New York schenken! Das war euer Gewinn aus der Woodbury-Weihnachts-Lotterie!« Ellis Finger schwitzten. In ihrem Kopf überschlug sich die Zeit, die dafür so kurz vor der Gala ins Land gehen würde. Die Anreise war bereits am Montag, die Abreise erst am Freitag.

Lindsey klopfte ihr auf die Schulter. »Du darfst dich bei einem glücklichen Zufall bedanken.«

Nathan hüpfte mit dem Po auf die Couchpolster. »Tante Danielle darf nicht mitfahren.«

Danielle nickte. »Eigentlich war alles safe, bis mein Chef letzte Woche den Urlaub wieder gestrichen hat. Ich habe mit ihm diskutiert, leider führte kein Weg vorbei.«

»Und nun soll ich deinen Platz einnehmen?«

Lindsey strich ihren dunkelbraunen Pony aus der Stirn. »Der Trip ist auf zwei Leute ausgelegt, und ich würde echt ungern allein fahre. Wenn du mitkommst, könntest du mal richtig durchatmen und eine Pause von dem Stress des letzten Jahres machen. Du hattest seit der Ladeneröffnung kaum frei.«

»Ja, aber fünf Tage?«

»Ich halte hier die Stellung«, versprach Danielle und nickte heftig. »Das Geschäft kommt ein paar Tage ohne dich aus, und an zwei Nachmittagen könnte ich für zwei oder drei Stunden öffnen. Dann ist es nicht ganz geschlossen. Was denkst du?«

Elli war hin- und hergerissen. »Aber klappt das denn? Die Kids sollen Montag Nachmittag zu ihrem Vater.«

»Der sagt bestimmt eh noch ab«, maulte Brooke. »Wie immer.«

»Dein Vater hat es dieses Mal fest versprochen.«

»Und die letzten drei Male auch. Mom, wann kapierst du es endlich? Er denkt nur an sich. Wenn sich Dad meldet, dann nicht, weil er sich für uns interessiert.«

»Aber er will uns doch wieder sehen«, sagte Nathan, »stimmt's Mom?«

»Träum weiter!« Brooke rauschte davon, die Treppe hinunter in das Kellergeschoss und kurz darauf knallte ihre Zimmertür.

Elli durchzuckte ein Stich. Es tat ihr leid, dass Brooke keine Lust auf Cliff hatte. Bedauerlicherweise hatte er sich die kommende Woche mit den Kindern auf derart unterirdische Weise richterlich erstritten, dass sie wenig dagegen machen konnte, außer die Kinder zu animieren, es mit ihrem Dad zu versuchen.

»Ich will zu Dad«, warf Nathan dazwischen. »Wir waren ewig nicht mehr bei ihm oder er bei uns. Wieso meldet er sich nicht?«

Elli holte tief Luft. »Weil er ...« Sie blies die angehaltene Luft aus ihren Lungen. »Weil er Versprechen nicht gut halten kann.«

»Und wenn es mir bei Dad nicht gefällt?«

Elli zog Nathan enger zu sich heran. »Dann komme ich persönlich aus New York zurück und hole dich ab.«

Nathan nickte und erhob sich träge. Die Augen fielen fast von allein zu. »Gute Nacht, Mom.«

»Gute Nacht, mein Engel. Schlaf gut.«

Danielle strich ihr über den Rücken. »Ich fahre die beiden Montag nach der Arbeit hin. Wir schaffen das.«

»Das geht mir zu schnell, Danielle. Kann ich eine Nacht darüber schlafen?«

»Wieso?« Danielle musterte sie aus dem gleichen blauen Augenpaar, das sie von ihrem eigenen Spiegelbild kannte.

»Ich habe ein schlechtes Gewissen, wenn die Kinder zu Cliff sollen und ich so weit weg bin.«

Danielle drückte sie an sich, wie sie es früher immer getan hatte, wenn es Elli nicht gut ging. Ihr Trost strahlte tief. »Du fährst nur bis nach New York. Schlaf eine Nacht drüber, Schwesterherz, und morgen sagst du zu.«

Elli nickte und löste sich aus der Umarmung. In ihrem Bett angekommen, zog die Müdigkeit sie innerhalb von Sekunden in die Matratze hinein.

***

Ein Handyklingeln riss Elli ihrem Gefühl nach viel zu zeitig wieder aus dem Schlaf. Ihr Smartphone vibrierte lautstark und spielte die nervige Melodie, die sie vor Cliff warnte. Samstag, kurz nach halb neun. Was zum Teufel wollte er jetzt? Sie versuchte, es zu ignorieren und weiterzuschlafen. Dann fiel ihr ein, dass sie längst hatte zurückrufen wollen. Mist!

»Ja?«, meldete sie sich mit müder, verkratzter Stimme.

»Danke fürs Rangehen«, sagte Cliff mit vorwurfsvollem Tonfall.

»Es tut mir leid. Ich war zu eingespannt gestern Abend.«

»Ach wirklich? Die Kinder sind mittlerweile alt genug. Das macht bestimmt kaum noch Arbeit.«

»Das erzählst ausgerechnet du mir?« Ellis Müdigkeit war umgehend wie weggeblasen. Was bildete Cliff sich ein?

»Werd nicht gleich ausfallend, Elli. Bleib locker.«

»Ich bin locker, Cliff. So locker, wie man am eigenen Geburtstag sein kann.«

»Hör zu, ich muss dringend mit dir reden.«

Elli schluckte ihre Enttäuschung darüber, dass er nicht einmal zu einer höflichen Gratulation angesetzt hatte, hinunter. Das war einfach nicht zu erwarten. »Du hast zwei Minuten, Cliff.«

Sie hörte, wie er sich am anderen Ende räusperte. »Ich kann die Kinder nicht zu mir nehmen.«

Elli glaubte, sich verhört zu haben. »Sag das noch einmal«, hauchte sie in den Hörer.

»Ich kann die Kinder nicht nehmen.«

»Ist das dein Ernst?«

»Ja«, antwortete er kleinlaut. »Mein Chef schickt mich zu einem wichtigen Meeting nach Chicago. Ich kann wirklich nichts dafür.«

Elli bebte. »Du kannst nie etwas dafür! Was soll ich denn Nathan sagen?«

»Sag ihm, dass ich mich auf unsere nächste Chance freue.«

»Und wann soll das sein?«

»Das klären wir danach. Ich muss los, tschüss.«

Die Leitung knackte und das Telefonat endete.

Elli sank mit dem Kopf zurück auf ihr Kopfkissen und schloss die Augen. Draußen stand die Wintersonne flach über dem Horizont, der Nachbarhund bellte und aus der Küche drang das Klappern von Porzellan an ihr Ohr.

Bestimmt bereiteten alle fleißig das Geburtstagsfrühstück vor. Elli musste gute Miene zum bösen Spiel machen, so lange wie irgend möglich. Sie wusste jetzt schon, wie es lief: Brooke würde Luftsprünge machen, Nathan weinen und der New York-Trip, zu dem sie sich innerlich durchgerungen hatte, war Geschichte.

Happy Birthday to me.

***

Elli sah auf ihre Geschenke, die sie am Frühstückstisch unter neugierigen Blicken ausgepackt hatte. Ihre Hände zitterten, während sie den Fotorahmen mit einem Bild von sich und den Kindern besonders ausgiebig betrachtete, nur um mit der Wahrheit über Cliff nicht rausrücken zu müssen. Irgendwann konnte sie es nicht mehr zurückhalten.

Mit einem kräftigen Seufzer lehnte sie sich nach hinten und sah ihre Kinder an. »Ich muss euch etwas sagen. Euer Dad hat mich vorhin angerufen und ... die gemeinsame Woche mit euch abgesagt.«

»Ich wusste es!«, rief Brooke aus und rollte mit den Augen, während Nathans Gesicht in sich zusammenfiel. Im Gegensatz zu seiner Schwester sehnte er sich nach seinem Vater und hatte noch immer nicht verstanden, weshalb er ständig versetzt wurde und dass das nichts mit ihm persönlich zu tun hatte.

»Bin ich froh«, setzte Brooke nach, »dass wir da nicht hinmüssen.«

Nathan kämpfte gegen die aufsteigenden Tränen. »Ich bin nicht froh!« Er legte sein dickbeschmiertes Schokoladenbrot zurück auf den Teller. Die Kinderlippen des Neunjährigen bebten.

Elli strich ihrem Sohn zärtlich über den Rücken. Wie immer fand sie kaum Zeit, selbst auf Cliff sauer zu sein. »Ich bleibe einfach bei euch«, sagte sie.

Nathan schüttelte den Kopf zeitgleich mit Lindsey. »Das kommt nicht infrage«, sagte die Frau ihrer Schwester und reichte Nathan seine Tasse heißen Kakao. »Du fährst schön nach New York und atmest ein bisschen frische Luft.«

»Aber ...«

»Kein Aber«, fuhr Lindsey bestimmt dazwischen. »Ich verzichte gern und bleibe mit den Kindern hier. Wir machen uns ein paar richtig schöne Tage.« Sie zwinkerte Nathan zu, der sich ein tapferes Nicken abrang und die Nase im Ärmel säuberte.

»Mit Chips vorm Fernseher.«

»Natürlich mit Chips vor dem Fernseher. Und Popcorn.«

Das entlockte ihm ein Lächeln. »Müssen wir trotzdem in die Schule?«

»Natürlich«, blaffte Brooke von der Seite. »Das hätten wir auch bei Dad gemusst.«

Elli streichelte Nathan über den Kopf. »Mäuschen, die Schule lasst ihr auf keinen Fall ausfallen. Aber wenn ich nächstes Wochenende zurück bin, machen wir es uns noch mal richtig gemütlich, ok?«

»Na gut.«

Gemeinsam räumten sie ab. Als die Kinder danach in ihren Zimmern verschwunden waren, nahm Elli Lindsey und Danielle noch einmal zur Seite. »Ihr seid sicher, dass ich das machen darf? Ich fühle mich, als würde ich euch die New-York-Reise wegnehmen.«

»Tust du nicht«, sagte Danielle. »Wir haben sie dir nämlich geschenkt. Sie gehört dir.«

»Vielleicht habe ich keine Lust, allein zu fahren?«

»Klar hast du die. Du bist nicht der Typ, der sich abends noch ewig unterhalten will. Genieß die Ruhe. Die hast du ohnehin zu selten.«

Elli drückte Danielle und Lindsey erleichtert an sich. »Danke.«

Endlich fand sie in einen entspannten Zustand zurück. Der restliche Tag verging wie im Flug, ebenso der erste Adventssonntag.

Ehe sie richtig darüber nachdenken konnte, stand sie am Montagmorgen mit gepackten Taschen im Haus und verabschiedete sich von Nathan und Brooke, die in die Schule mussten.

Brooke krampfte die Finger um die Träger ihres Rucksacks, die Kapuze tief in die Stirn gezogen. »Hey Mom, versprich mir, dass du nicht an deinem schlechten Gewissen stirbst.«

Elli lachte und unterdrückte damit erfolgreich einen aufkommenden Schluchzer. »Ich fürchte, das kann ich nicht, aber ich gebe mein Bestes. Passt gut auf den Laden auf.«

»Das machen wir«, sagte Nathan. »Ich zeige den Leuten alles, während Tante Lindsey die Kasse hütet.«

Tränen sammelten sich in Ellis Augen. »Ich bin stolz auf euch.«

»Komm jetzt«, sagte Brooke und zog ihren jüngeren Bruder mit sich zur Tür hinaus. »Bevor Mom noch eine Riesenszene daraus macht.«

Als die Tür zufiel, sah Elli ihre Schwester an. »Ich weiß nicht, ob ich das kann.«

»Nun krieg dich wieder ein. Wie oft willst du das noch sagen? Verzichte zur Abwechslung wirklich auf dein schlechtes Gewissen und genieß die Auszeit.« Danielle zog sie in eine feste Abschiedsumarmung. »Vielleicht hält New York ja ein Wunder für dich bereit.«

»Schön wäre es«, sagte Elli leise und lächelte.

»Wunder passieren denen, die daran glauben.« Danielle zwinkerte ihr zu, schwang die Jacke über und griff ihre Aktentasche. Dann verschwand sie ebenso nach draußen.

Lindsey hingegen schnappte die Autoschlüssel und nahm Ellis Koffer mit sich. »Bevor du es dir anders überlegst«, flötete sie und trug ihn hinaus zu ihrem Wagen.

Elli entschied, das schlechte Gewissen zu vergraben; ganz tief und ohne jede Rückkehrchance. Sie hatte sich diese Auszeit verdient und dankte Lindsey und Danielle von ganzem Herzen für die Unterstützung. Ihre Familie war ein Goldstück. Auf sie war Verlass. Sie hielt inne: Dass Cliff abgesagt hatte, machte es ihr unterm Strich leichter, Nathan und Brooke zurückzulassen.

Den Laptop hatte sie dabei, über die Homepage und ein Schild an der Ladentür war die Kundschaft über die eingeschränkten Öffnungszeiten in der kommenden Woche informiert; die Galaanmeldungen liefen ohnehin per Mail und die letzten Werkstücke hatte sie gestern noch fertiggestellt. Ihre Auszeit lag also in trockenen Tüchern.

Mit aufkeimender Vorfreude stieg sie zu Lindsey ins Auto und fuhr mit ihr zum Bahnhof.

Kapitel 2

Gute zwei Stunden später wurde sie gemeinsam mit anderen Reisenden in New York an der Grand-Central-Station aus dem Zug gespült. Dafür, dass der Advent in den Vorgärten des Landes Einzug hielt, wirkte der Bahnhof eher kahl.

Erst draußen im Freien zeigte sich der New Yorker Flair, den sie erwartet hatte. Lichterketten schmückten zahlreiche Fenster und Auslagen schwammen in Weihnachtsdekorationen. Dazwischen schlug ein Martinshorn und gelbe Taxen parkten entlang der Straße.

Ein junger Mann hielt ihr einen Flyer entgegen, ein breites Strahlen auf den Wangen. »Kommen Sie zur Rockettes Weihnachtsshow in der Radio City Music Hall.«

Elli schüttelte den Kopf, weil sie sich die Show nicht leisten konnte, und blickte sich um. Linkerhand zogen sich die Betonschluchten der Großstadt bis zum Chrysler Building, rechterhand folgte sie dem Gedränge bis zum Bryant Park. Sie hatte davon gehört. Hier reihten sich mit Kunstschnee bedeckte Verkaufsstände im europäischen Stil aneinander. Aus den Lautsprechern schmetterte *Winter Wonderland* und süße und herzhafte Düfte strömten ihr entgegen.

Mit dem sperrigen Koffer wollte sie sich nicht auf das Gelände quetschen, dafür fand sie am Zugang einen

Maronenstand. Sie kaufte eine Packung heiß dampfender Früchte und verzehrte die ersten vor Ort. Den Rest schob sie in ihre Handtasche für später.

Sie vergrub das Kinn tiefer in dem flauschigen Loopschal, den sie trug, und entschied, noch ein Stück durch New York zu spazieren. Mit dem Rollkoffer im Schlepptau ging sie durch die mit weihnachtlichem Kitsch gespickten Straßen und sog die Atmosphäre in sich auf. Es war laut, es war voll, und ganz anders als in der ruhigen Randlage von Woodbury, in der sie bei Danielle wohnte.

Am Times Square machte sie Halt, überwältigt von dem Meer an Lichtern und bunt blinkenden Reklameschildern, das ihr entgegenschlug. Sogar der Ball für den Ball Drop hing bereits in Position. Wie Wellen spülten die Ampeln Menschenscharen auf den Platz und wieder hinunter. Ganz im Touristenstil machte Elli ein paar Fotos und überlegte, ob sie noch bis zum Rockefeller Center gehen wollte. Sie entschied sich dagegen. Bestimmt konnte sie an einem anderen Tag wiederkommen und den riesigen Weihnachtsbaum anschauen, der davorstand. Vielleicht reichte die Zeit dann sogar für eine Runde Schlittschuhlaufen.

Sie marschierte mit ihrem Gepäck zur U-Bahn und fuhr die letzten Stationen.

Am Rand des Central Parks stieg sie aus. An dessen Rand zogen sich Shoppingläden an der Straße entlang, die mit ihrem weihnachtlichen Schmuck die Gehwege erleuchteten. Sterne, Engel und Lichterketten kämpften um die Vorherrschaft. Daneben wirkte der Central Park mit seinen kahlen Winterbäumen trist. Die grüne Lunge New Yorks lag im Winterschlaf. Nur ein paar letzte Bäume hielten hartnäckig grünbuntes Laub in ihren Kronen.

Trotzdem fühlte sich Elli hier wohler als zwischen den hohen Betonschluchten südlich des Parks. Die ersten Häuser flachten ab, der Park bot einen weitläufigeren Blick für das Auge und sie fühlte sich weniger eingeengt.

Von einem Schaufenster mit Windspielen machte sie ein paar Fotos, um sie mit Keramik nachzuempfinden. Auch ein paar wunderbar gesteckte Adventskränze wollte sie mit Ton nachbauen. In einem Kleidungsgeschäft lachte sie eine Schaufensterpuppe mit kurzen Hosen über einer dicken Leggings an. Das Outfit wirkte gewagt.

Elli stellte sich vor das Fenster, um zu sehen, wie es bei ihr aussehen würde, bekam aber kein passendes Bild in den Kopf. Schließlich riss sie sich los, bevor die Shoppinglaune sie zu früh erreichte, und ging weiter.

Die Rollen des Koffers klapperten über die Gehwegplatten, und schon ein paar Querstraßen später stand sie vor ihrem Ziel. Zwischen zwei hohe Wohngebäude schmiegte sich ein Hotel aus roten Backsteinen mit einzelnen Erkern und schwarzgestrichenen Geländern vor bodentiefen Fenstern. Den Eingang zierten Lichterketten und zwei geschmückte Tannenbäume standen für die Gäste Spalier. Über dem Zugang prangte in leuchtenden Lettern der Name *Hazel Inn,* obwohl von Haselnüssen weit und breit nichts zu sehen war.

Der Name gefiel Elli. Sie hatte ihn auf dem Gewinnerzettel gelesen, aber nicht bewusst darüber nachgedacht, wie sympathisch sie das fand. Das musste ein gutes Zeichen sein! Sie holte tief Luft und trat durch die Automatiktür ins Innere.

Wärme schlug ihr entgegen und der zarte Duft von Zimt drang an ihre Nase. Eine kuschelige Lobby mit großzügigem und modern eingerichtetem Sitzbereich hieß sie willkommen. Die Wände waren in Beige getaucht und hinter dem anthrazitfarbenen Tresen blickte ihr eine Dame entgegen, die dem Alter nach ihre Mutter sein könnte. Ansonsten erinnerte zum Glück wenig an ihre Mom.

Die Haare fielen lockerer über die Schultern, fröhliche Grübchen zierten die Wangen, und die Lachfalten um die Augen machten die Dame am Empfang sofort liebenswert. »Willkommen im *Hazel Inn*«, grüßte sie den neuen Gast.

Elli zog ihren Koffer näher und erwiderte das freundliche Lächeln. »Guten Tag, Elli Middleton mein Name. Ich habe ...«

»Aaaach!«, rief die Dame dazwischen. »Eine unserer Gewinnerinnen! Wie schön, Sie bei uns begrüßen zu dürfen.«

»Danke«, entgegnete Elli. »Entgegen der ursprünglichen Planung komme ich allein.«

Die Rezeptionistin verlor keinen Funken ihrer Freude. »Ich wurde bereits über die Veränderungen informiert. Ich hoffe, Sie genießen Ihren Aufenthalt trotz aller Umstände in vollen Zügen. Kommen Sie, ich zeige Ihnen Ihr Zimmer.« Voller Elan eilte sie um den Tresen herum und schnappte im Vorbeigehen eine Schlüsselkarte, die bereitgelegen hatte. »Ich bin Pam und stehe zur Verfügung, wenn es Fragen rund um Ihren Aufenthalt gibt.«

»Danke Pam, das ist lieb von Ihnen. Ich denke, ich werde nicht viel brauchen.«

Pam hielt in ihrem eiligen Schritt inne und musterte Elli. »Jemand, der das sagt, braucht besonders viel.« Dann ging sie weiter zu den Fahrstühlen und winkte Elli mit sich.

Durch die warmherzige Art konnte Elli nicht anders, als Pam in ihr Herz zu schließen. Neugierig folgte sie ihr in den Lift, der lediglich für zwei Personen und einen geräumigen Koffer Platz bot. In Etage fünf – ganz oben – stiegen sie aus und Pam öffnete einen der vier abgehenden Räume.

»Bitte schön, Miss Middleton, Zimmer Nummer 502 gehört für die nächsten Tage Ihnen. Ich wünsche einen angenehmen Aufenthalt.« Sie drückte Elli die Schlüsselkarte zum Zimmer in die Hand und verschwand wieder im Fahrstuhl, allerdings nicht, ohne ihr ein letztes Lächeln zuzuwerfen. Ob sie jeden Gast persönlich zu seiner Tür führte?

Endlich fiel die Anspannung von Elli ab. Das alles war so ungewohnt und unwirklich, dass sie es kaum glauben konnte. Wann hatte sie das letzte Mal mehr als einen Abend am Stück frei gehabt? Geschweige denn einen ganzen Tag! Nun hatte sie gleich mehrere, und ihre Freude darüber bescherte ihr ein breites Grinsen, mit dem sie ihr Zimmer betrat.

Sie schob den Koffer in den Eingangsbereich, an das sich ein gemütliches Apartment anschloss. Es mündete in einem Blick auf den unattraktiven Zwanziggeschosser gegenüber. Schwere crèmefarbene Stoffvorhänge fielen bis auf das Parkett und ein Kingsize-Bett präsentierte sich mitten im Raum. Daneben stand ein Sessel vor einem Beistelltisch mit Mosaik-Tischplatte. Darauf hatte das Hotel eine Vase mit frischen Blumen und einen Willkommenssekt drapiert.

Elli setzte sich auf das Bett und ließ sich mit einem Lachen fallen. Sie landete in den weichen Laken und versank darin wie in einer gemütlichen Umarmung. Vier Nächte für sie allein in einem Zimmer, das mindestens doppelt so groß war wie ihre Kammer bei Danielle. Und dazu ein eigenes Badezimmer!

Sie schnappte die restlichen Maronen und stärkte sich für den Nachmittag. Danach erhob sie sich vom Bett und räumte beschwingt ihren Koffer leer. Der rustikale Schrank bot ausreichend Platz für alles, sodass sie lediglich die oberen Etagen belegte. Das schmale Fach auf Knöchelhöhe ließ sie frei.

Mit den Fingern strich sie über das helle Holz, lehnte die Stirn dagegen und sog den Duft ein. Es roch ein bisschen wie in ihrem Geschäft. Bevor sie wehmütig werden konnte oder versucht war, den Laptop aus ihrer Tasche zu ziehen, legte sie sich innerlich die Zügel an.

Dafür ist später Zeit. Jetzt bin erst einmal ich dran, sprach sie sich selbst Mut zu. *Wollen wir doch sehen, was diese Stadt zu bieten hat.*

Sie schnappte ihre Tasche, schlang den Schal wieder um den Hals, zog die Winterjacke über und verließ das Hotelzimmer.

***

»Miss Middleton!«, rief ihr Pam entgegen, als sie das Foyer betrat. »Ihre Kutsche wartet bereits.«

»Meine was?« Irritiert trat Elli an den Tresen.

»Haben Sie das Programm nicht gelesen?«

»Welches Programm?«

»Na, dieses hier«, sagte Pam und reichte ihr einen dreigefalteten Flyer. Auf der Front pries das *Hazel Inn* sein Weihnachtsspecial in bunten Farben an. *Hier werden Wunder wahr*, versprach ein Spruch auf einer rotgoldenen Weihnachtskugel. Einzelne Aktivitäten für jeden Aufenthaltstag beginnend mit einer Kutschfahrt durch den Central Park waren dort aufgelistet.

Danielle! Mit dem Versprechen all dieser Besonderheiten hätte Elli die Fahrt als Geschenk nicht angenommen. Ihre Schwester wusste das genauso gut wie sie und hatte vermutlich deshalb nichts gesagt.

Verlegen packte sie den Flyer in ihre Handtasche. »Entschuldigen Sie. Davon wusste ich tatsächlich nichts.«

»Ich verstehe«, antwortete Pam und zwinkerte. »Eine vorzeitige Weihnachtsüberraschung, was?«

Elli lächelte ertappt. »So in etwa.«

»Dann wünsche ich viel Spaß mit unserem Programm. Sie finden die Kutsche vor der Tür. Die nächste Fahrt gehört Ihnen.«

Elli bedankte sich und trat durch die automatische Flügeltür vor das *Hazel Inn*.

Ein weißer Zweisitzer mit gebogenen Seitenwänden und Goldrändern wartete vor dem Hotel, gezogen von zwei stattlichen Schimmeln – wie im Märchen. Daneben stand ein Mann, der verglichen mit ihr alt wirkte, aber offenbar stets gut gegessen hatte. Tiefe Falten zeichneten sein Gesicht und ein dicker Schnauzbart zog sich über die Oberlippe.

»Ich bin Pete«, sagte er und deutete eine Verbeugung an. »Zu Ihren Diensten.«

Elli entfuhr ein Kichern, bevor sie es verhindern konnte. »Nicht so förmlich, Pete. Es ist schön, Sie kennenzulernen. Mein Name ist Elli.«

»Es ist mir eine Ehre, Ihr Chauffeur zu sein, Elli. Bitte, nehmen Sie Platz.«

Er reichte ihr eine Hand und sie griff danach, um sich die Stufen hinaufhelfen zu lassen. Die gepolsterte Sitzbank bot Komfort und Pete gab ihr noch eine warme Wolldecke für die Beine. Kurz darauf saß er auf dem Kutschbock und die Pferde zogen das Gefährt die Straße hinunter.

»Waren Sie schon einmal in New York?«, fragte Pete über das Klappern der Hufe hinweg.

»Noch nie, obwohl ich nicht einmal weit weg wohne«, gestand Elli, die neugierig die Umgebung betrachtete. »Ich wünsche es mir, seit ich ein Kind bin. Diese Stadt hat etwas Magisches, sagt man, vor allem zur Weihnachtszeit.«

»Das hat sie. Erlauben Sie mir eine Frage?«

»Nur zu.«

»Wie kommt es, dass Sie ganz allein hier sind?«

Elli atmete tief ein und aus. »Es gab niemanden, der mich hätte begleiten können. Ich ...«

Ihre Worte versiegten, als die Kutsche auf die Fifth Avenue bog und der Central Park in Sicht kam. Doch das war es nicht, was ihr die Sprache verschlug. Die Kutsche passierte ein Pärchen, das ihnen Hand in Hand auf dem Bürgersteig entgegenkam, zwei große Koffer im Schlepptau. Sie hätte *ihn* unter Hunderten erkannt.

Augenblicklich stieg die Wut in ihren Bauch. »Können wir kurz anhalten?«, fragte sie in drängendem Ton. »Bitte!«

Der Kutscher lenkte die Pferde an den Straßenrand und hielt an. »Miss?«

»Ich bin in zwei Minuten zurück«, sagte Elli und kletterte aus der Kutsche. »Cliff!«, rief sie laut. In voller Größe baute sie sich auf dem Gehweg auf, was mit 1,63 m Körpergröße gar nicht einfach war. Ihre Wut schien auszustrahlen, denn Cliff sah zurück und umgehend verhärtete sich sein Gesichtsausdruck. Er ließ seine Begleitung mit ein paar Worten weitergehen und kam mit zusammengekniffenen Lippen auf Elli zu.

»Was soll das?«, donnerte sie ihm entgegen.

»Was meinst du?« Sein Tonfall fühlte sich so kalt an wie die Luft, die sie umgab.

Ellis Blick raste zwischen ihm, seiner Begleitung und den Koffern hin und her. »Das hier meine ich!«

»Nun mach deswegen kein Drama, Elli.« Cliff schielte zurück zu der jungen Frau, die in zaghaften Schritten auf ihren Stöckelschuhen weiter stakste. Dabei schaute sie wiederholt über die Schulter zu Cliff.

Elli strafte ihren Ex-Mann mit einem grimmigen Blick. »Ich mache kein Drama, Cliff. Ich bin sauer! Das hier ist nicht Chicago, sondern New York.«

»Ja und?«

Elli war kurz davor, Cliff die Wange zu polieren. *Dieser Idiot!* Sie ballte ihre Fäuste so fest, dass es schmerzte. »Du wolltest die Kinder diese Woche zu dir nehmen. Groß und breit haben wir das auf deinen

Wunsch hin angebahnt. Weißt du, was das für die beiden bedeutet hat?«

»Das hast du mir bereits ausführlich erklärt.«

»Richtig, und weißt du, was mich am meisten ankotzt? Dass du mich schon wieder belügst! Das hier ist kein Businessmeeting und das ist nicht Chicago. Wer ist sie?«

Cliffs Augen wurden schmaler und er presste die Lippen aufeinander. »Lass Ashley da raus. Sie kann nichts dafür.«

»Deine Kinder auch nicht!«

»Hör zu, Elli. Es tut mir leid, dass du deinen Luxustrip nach New York in Gefahr gesehen hast. Was bist du für eine Mutter?«

Die Worte versenkten sich wie Schüsse in Ellis Magen. Tränen stiegen in ihre Augen. Sie hatte Mühe, sie fernzuhalten und nicht einzuknicken. »Weißt du eigentlich«, sagte sie mit bebender Stimme, »was du da sagst? Vermutlich nicht. Ich wünsche dir noch eine schöne Zeit.«

Sie wandte sich auf dem Absatz um und kletterte mit zitternden Händen in die Kutsche zurück. »Wir können weiter«, sagte sie zu Pete.

Der Kutscher setzte sein Gefährt dankenswerterweise umgehend in Bewegung. Binnen Herzschlägen entfernten sie sich von Cliff. Die Tränen wässerten Ellis Augen bis zum Rand. Ihr Sichtfeld verschwamm. Wie konnte Cliff ihr vorwerfen, keine gute Mutter zu sein, weil sie ein paar Tage allein nach New York fuhr? Damit hatte er sie tief getroffen.

All ihre Zweifel kehrten ungebremst zurück und verdarben ihr die gute Laune. Das schlechte Gewissen grub sich wieder an die Oberfläche und trieb die Tränen ungehemmt auf ihre Wangen. Obwohl sie wütend auf Cliff sein müsste, blieb nur ein Gefühl von tiefer Enttäuschung. Sie biss sich auf die Lippen, kämpfte gegen die neuerlichen Tränen und hielt den Blick starr in die Welt gerichtet, während Pete in den Central Park einbog.

***

»Miss«, sagte Pete, nachdem er sie eine Zeit lang ihren Gedanken überlassen hatte. »Darf ich fragen, wer der gut aussehende Mann gewesen ist, über den Sie wie eine Furie hergefallen sind?«

»Vergangenheit«, antwortete Elli und blickte in die Umgebung, von der sie in den letzten Minuten nur wenig bewusst mitbekommen hatte. Sie passierten gerade einen Teich. Auf der gegenüberliegenden Seite thronte ein kleines Schloss – das Belvedere Castle, wenn sie sich recht an die Dinge erinnerte, die sie über New York wusste.

Pete räusperte sich. »Das muss eine sehr schmerzliche Vergangenheit gewesen sein.«

Elli schluckte. »Ich fürchte, es gibt Wunden, die brauchen sehr lange, bis sie verheilt sind. Mein Ex-Mann hat mich mehrfach betrogen, unsere gemeinsamen Kinder vernachlässigt und ich habe trotzdem immer wieder probiert, eine Beziehung mit ihm einzugehen.«

»Das klingt nach einer komplizierten Situation.«

Elli schniefte einen Schluchzer weg. »Meine Schwester würde sagen: Männer sind ohnehin für den A...« Sie sprach es nicht zu Ende.

Der Kutscher lenkte seine Zugtiere um eine Wiese, auf der Kinder Fußball spielten. In den Schatten saß der Raureif auf den Gräsern. »Und was denken Sie, Miss?«

Elli rutschte tiefer in den Sitz hinein und betrachtete wehmütig die fröhlich lachenden Jungen und Mädchen, deren Wangen rot glänzten vor Freude. »Es gab Zeiten, da hat er meine Tage erhellt und meinem Leben einen Sinn gegeben. Wir hatten gute Zeiten, wertvolle.« Sie seufzte. »Vor zwei Jahren haben wir uns endgültig getrennt. Dachte ich zumindest. Als er vor einigen Monaten wieder in unser Leben trat mit angeblich ernsthaftem Interesse an den Kindern, ist meine Hoffnung wieder aufgeblüht. Wie dumm von mir.«

»Ist das nicht menschlich?«

»Vielleicht«, antwortete sie. »Aber er hat es wieder geschafft, mir die Schuld am Misslingen in die Schuhe zu schieben.«

»Machen Sie sich keinen Vorwurf«, sagte Pete und wandte sich mit einem freundlichen Lächeln zu ihr. »Das ehrt Sie mehr, als Sie denken.«

»Ach wirklich?«

Pete nickte. »Er scheint Angst vor Ihnen zu haben, wenn er Sie kleinhalten muss.«

»Danke, Pete. Jetzt fühle ich mich nicht nur wie eine Rabenmutter, sondern obendrein wie der Hausdrache.«

Pete lachte schallend auf. »So habe ich das nicht gemeint.«

»Ich weiß.« Elli lenkte ihren Blick auf die lang gestreckte Allee, durch die sie fuhren. Breite Wiesen säumten den Weg und zwischen den Bäumen kamen die hohen Fassaden der New Yorker Häuser in Sicht. Die Sonne spiegelte sich in den Fenstern. Sie seufzte und blickte zurück zu Pete. »Manchmal frage ich mich, wie er es überhaupt die vielen Jahre mit mir ausgehalten hat, und ich mit ihm.«

»Manchmal ist es notwendig, kaputte Dinge aufzugeben, anstatt sie immer wieder zu reparieren.« Pete verlangsamte die Kutsche. »Miss Elli, möchten Sie entlang der Ladenmeile zurück zum Hotel oder durch den Park?«

Diese Entscheidung fiel Elli leicht. »Durch den Park bitte.« Die Natur war wunderbar, obwohl die kahlen Bäume in dieser Jahreszeit nur vermuten ließen, weshalb man den Central Park New Yorks grüne Lunge nannte. Sie musste unbedingt im Sommer noch einmal herkommen.

Auf dem nächsten Stück Strecke wurde der Weg enger. Pete hielt die Kutsche weit am Rand, weil ihnen eine Gruppe Jugendlicher entgegenkam. Das Gefährt streifte das Gebüsch und Petes Jackett verfing sich in einem Strauch. Holz knackte.

Elli schützte ihr Gesicht vor zurückschnellenden Ästen. Sie kratzten durch ihre Haare, ziepten in einer der Strähnen und ließen ihren Zopf nur widerwillig frei. »Au!«

»Alles in Ordnung, Miss?«

»Ja«, sagte Elli und rieb sich den Kopf, »bei Ihnen auch, Pete?«

»Mich werfen ein paar Äste nicht um«, sagte er und lachte. »Es ist nett, dass Sie fragen.«

Elli lehnte sich zurück und genoss die Kutschfahrt. Sie nahm den Flyer des *Hazel Inn*, den Pam ihr in die

Hand gedrückt hatte, und sah ihn genauer durch. Jedes Jahr im Dezember veranstaltete ihr County ein Gewinnspiel, bei dem eine Reise in eine ausgewählte Location gewonnen werden konnte – in diesem Jahr hatte das County mit dem *Hazel Inn* einen neuen Partner gefunden. Seit Jahren nahm Danielle erfolglos an der Lotterie teil, und nun erntete Elli die Früchte.

Das Hotel hatte sich einiges einfallen lassen. Es gab sogar Wahlmöglichkeiten. Den Abschluss bildete eine Weihnachtsfeier am Donnerstagabend. Damit füllte das Inn geschickt einige Zimmer Anfang Dezember in einer gewöhnlichen Arbeitswoche.

Was ihre Kinder wohl gerade taten? Sie würde es zeitnah zu hören bekommen. Danielle und Lindsey waren die besten Tanten aller Zeiten und würden sich gut um die beiden kümmern.

Wenig später erreichten sie das Hotel. Elli bedauerte, dass die Fahrt schon vorbei war. Wenn die anderen Programmpunkte nur halb so angenehm verliefen, könnte es der beste Abschalturlaub seit Ewigkeiten werden.

»Ich hoffe, es hat Ihnen gefallen«, sagte Pete und hievte sich vom Kutschbock herunter. Wie beim Einstieg reichte er ihr ganz Gentleman die Hand.

Dankbar griff sie danach und ließ sich hinunterhelfen. »Pete, die Fahrt war wunderbar. Ich danke für diesen gelungenen Auftakt.«

»Das freut mich zu hören. Ich möchte Ihnen noch etwas schenken.«

»Das ist nicht nötig, wirklich«, sagte Elli und hob abwehrend die Hände.

Pete schmunzelte. »Sie wissen doch noch gar nicht, was es ist.«

Elli ließ die Schultern sinken und lächelte. »Sie haben Recht, Entschuldigung. Ich neige dazu ...«

»... niemandem zur Last fallen zu wollen?«, ergänzte Pete lächelnd und öffnete sein Jackett.

Elli zog das Kinn in den Schal hinein. »Ja, das war schon immer mein Problem.«

»Machen Sie sich nicht kleiner, als Sie sind«, sagte Pete. »Wahre Größe tragen wir in uns, und all die Liebe, die Sie für Ihre Kinder empfinden müssen, lässt Sie die meisten Menschen deutlich überragen.«

Elli wurde warm ums Herz. »Danke, Pete. Das ist ein sehr schönes Geschenk. Unser Gespräch hat mir viel bedeutet.«

»Mir auch.« Er zog etwas unter dem schwarzen Stoff hervor. »Ich möchte, dass Sie das hier nehmen.«

»Woher haben Sie die denn?« Elli starrte auf die drei Haselnüsse, die gehalten von grünlich-bräunlichen Hüllen an einem frischen Zweig hingen.

Pete drehte sie in seiner Hand hin und her. »Ich habe sie offenbar im Park mitgenommen, als wir das Gebüsch gestreift haben.«

»Aber Haselnüsse wachsen Anfang Dezember nicht mehr am Strauch, oder?«

»Diese offenbar schon. Und da es Ihr Wunsch war, wieder in den Park zurückzufahren und wir sie nur deswegen, wenn auch äußerst schroff gepflückt haben, sollen sie Ihnen Glück bringen.«

Elli konnte nicht gleich darauf antworten. Pete war ein guter Mensch, und sicherlich wusste er nicht einmal, was diese zauberhafte Geste für Elli bedeutete. Sie fühlte sich wahrhaftig wie im Märchen, nur dass Aschenputtel in *O Popelce* die Nüsse von ihrem Vater erhielt, was bei Pete lediglich dem Alter nach passte. Wenn ihr eigener Vater nur annähernd so zugewandt gewesen wäre, hätte sie eine bessere Kindheit gehabt. Kurzzeitig ging sie in der Idee auf, dass sie ein paar magische Nüsse erhalten hatte, die ihr Glück bringen würden.

Behutsam nahm sie den Zweig entgegen und drückte ihn an ihre Brust. »Ich werde darauf aufpassen und sie in Ehren bei mir behalten. Vielen Dank, Pete.«

»Jederzeit wieder, Miss Elli. Einen angenehmen Aufenthalt noch.« Er deutete eine Verbeugung an und Elli winkte ihm zum Abschied, bevor sie zurück ins Hotel ging.

***

Kurz nach sieben betrat Elli den Speisesaal des Hotels. Er trug den liebenswürdigen Namen Schmalzstube. Darin roch es nach allerhand Herzhaftem. Entlang der Wand reihten sich Wärmebehälter, vor denen verzierte Papieraufsteller verschiedenste Speisen versprachen: Feta-Pilze, Rahmnudeln, Schweinelenden und Kartoffeln, dazu noch Blumenkohl, Mais und mit Reis gefüllte Tomaten. Ein Salatbuffet und eine Theke voll mit Süßspeisen gefüllter Gläser rundeten die Speisenzeile ab.

Elli lief das Wasser im Mund zusammen. Sie suchte sich einen Platz am Rande der geräumigen Stube, die etwa zwanzig Zweiertische fasste. Weihnachtsgestecke zierten rote Tischdecken. Kerzen zauberten eine gemütliche Atmosphäre und leise Weihnachtsklänge entsprangen Lautsprechern unter der Decke.

Eine Kellnerin hantierte hinter einer glänzenden Holztheke mit Flaschen und füllte Getränke in Gläser, die sie anschließend an den besetzten Tischen servierte. Als sie Elli entdeckte, warf sie ihr ein fröhliches Lächeln zu. »Guten Abend, Ihre Zimmernummer bitte.«

»502.«

Sie setzte ein Kreuz auf ihren Zettel. »Vielen Dank. Was darf ich Ihnen bringen?«

»Eine Coke bitte.«

Die Kellnerin verschwand hinter dem Tresen, dessen Rückwand bis unter die Decke mit stilvollen Gläsern aller Art gefüllt war. Elli ließ den Blick durch den Raum schweifen und blieb am Zugang zur Schmalzstube kleben. Die Tür schwang gerade auf und gab die Sicht auf zwei Personen frei, die Ellis Laune umgehend in den Keller trieben. Auch Cliffs Mimik schlief sichtlich ein, als er Elli entdeckte.

Sie hätte sich am liebsten unter ihrem Tisch verkrochen, aber das war nicht möglich. Waren die beiden durch Zufall hier oder hatte einer von beiden etwa ebenfalls den begehrten Trip im County gewonnen? Ihr Hunger verflog binnen Herzschlägen.

Die Kellnerin kam und stellte ihr die Coke auf den Tisch. »Alles in Ordnung, Miss Middleton?«

Mist, sah man ihr etwa an, wie sie sich fühlte? Sie verbarg ihre zittrigen Finger im Schoß und lächelte der Bedienung zu. »Ein Glas Weißwein noch dazu, bitte.«

Die Kellnerin nickte. Sie ging weiter zu Cliff und … Ashley, wenn sich Elli richtig an den Namen erinnerte.

Die verführerischen Düfte brannten plötzlich in ihrer Kehle und die Coke half nicht, ihre Nerven zu beruhigen. Sie konnte den Blick nicht von den beiden nehmen. Wie *sie* ihm vergnügt etwas erzählte und *er* schallend darüber lachte.

Der Raum war mittlerweile gut gefüllt, nahezu alle Tische besetzt. Leider waren die beiden wie ein Magnet für Ellis Blicke. Sie konnte nicht wegsehen und wollte nicht hinsehen. Trotzdem blieb sie kleben an dieser Harmonie, die ihr saurer aufstieß, als sie es jemals für möglich gehalten hätte.

Als das Glas Weißwein ihren Tisch erreichte, war Ellis Nervengerüst längst überstrapaziert. »Darf ich mir einen Teller zu essen mit auf mein Zimmer nehmen?«

Überraschung huschte durch das Gesicht der Kellnerin. »Das ist nicht üblich.«

Elli schluckte und suchte nach einem passenden Grund. »Ich fühle mich nicht gut und würde lieber später etwas zu mir nehmen.«

Die Kellnerin trat einen Schritt zurück und nickte verhalten. »Bringen Sie mir das Geschirr bitte zum Frühstück wieder mit.«

»Danke«, hauchte Elli. Sie schnappte das Glas Wein und füllte sich einen Teller mit Gemüse und Kartoffeln. Dann warf sie einen letzten Blick auf das fröhlich schnatternde Pärchen und ging zurück in ihr Zimmer.

***

Frustriert stellte sie den Teller auf den Beistelltisch mit dem Mosaik und sank auf ihr Bett. Wieso konnte

Cliff ihre Gefühle noch immer bestimmen? Sie hasste sich dafür und ihn gleich mit.

Ihr Handy klingelte. *Danielle is calling*, stand auf dem Display.

Elli atmete tief durch, setzte ein Lächeln auf und nahm den Anruf entgegen. Danielles Gesicht erschien auf dem Bildschirm, und mit ihrem auch die von Brooke und Nathan.

»Mom!«, rief Nathan, »Wie geht es dir?«

»Mir geht es gut, mein Engel. Und dir?«

»Lindsey hat uns Pommes mit Nuggets zum Abendessen gemacht. Und morgen gibt es Pizza und noch Eis zum Nachtisch.«

Elli lachte herzhaft auf. »Wie ich höre, kümmern sich Tante Danielle und Tante Lindsey bestens.«

»Ist echt chillig ohne dich«, sagte Brooke in einem Tonfall, der Elli provozieren sollte. Als sie nicht darauf einging, fragte ihre Tochter: »Was macht New York?«

»New York ist atemberaubend«, sagte Elli und sparte den Part mit Cliff aus. »Ihr glaubt nicht, was ich heute machen durfte.«

»Was denn?«, fragte Nathan mit einem neugierigen Glanz in den Augen.

»Ich habe eine Kutschfahrt durch den Central Park bekommen.«

»Macht man das nicht zu zweit?«, fragte Brooke abfällig.

»Ich hatte eine sehr sympathische Begleitung.«

Nathans Augen wurden größer, während Brookes sich verschmälerten. »Wen denn?«

Elli streckte den beiden die Zunge raus. »Der Kutscher hieß Pete, war gute sechzig Jahre alt und wirklich freundlich.«

»Oh, Mom!« Brooke verdrehte die Augen. »Du bist echt peinlich.«

Enttäuscht blickte Nathan in die Kamera.

Elli schmunzelte. »Ich weiß, eine Liebesgeschichte wie im Märchen hätte dir jetzt besser gefallen.«

»Hauptsache, dir geht's gut, Mom«, sagte Nathan.

»Das geht es«, antwortete Elli und warf einen Kuss durch das Telefon. »Vielleicht bringen mir die Haselnüsse Glück.«

Nathan kam näher an den Bildschirm heran. »Welche Haselnüsse? Zeig!«

Elli zog das Haseltrio an seinem Zweig aus ihrer Tasche und hielt es in die Kamera. »Das hat der Kutscher heute versehentlich von einem Strauch gebrochen und mir zum Abschluss unserer Fahrt geschenkt.«

»Fast wie in *O Popelce*!«, rief Nathan aufgeregt.

»Irgendwie schon«, murmelte Elli und betrachtete den Haselzweig in ihren Händen nachdenklich.

»Vielleicht solltest du in die Kirche gehen«, sagte Brooke mit schnippischem Tonfall. »Da findest du bestimmt einen hübschen Prinzen.«

Elli lachte. »Und wenn ich verschwinden will, sage ich: ›Vor mir Nebel, hinter mir Nebel und über mir die Sonne‹.«

»Wenn's hilft«, sagte Brooke und winkte in die Kamera. »Ich wollte noch mit einer Freundin telefonieren. Ciao, Mom.«

»Gute Nacht.«

»Hab dich lieb, Mom.« Nathan warf ihr einen Kuss zu, den sie erwiderte, und verschwand mit Lindsey im Hintergrund.

Nur noch Danielle blieb im Call. »Wie geht es dir wirklich?«, fragte sie und wartete auf Ellis Antwort.

Elli atmete tief durch. »Wie merkst du das immer?«

»Dein rechtes Augenlid zuckt gelegentlich, wenn du gegen Tränen gekämpft hast oder wütend bist. Außerdem erkenne ich deine aufgesetzte Fröhlichkeit, Schwesterherz. Erzähl!«

Elli strich sich über den Nasenrücken. »Cliff ist hier.«

»Was?« Danielles Empörung schwappte ungefiltert durch den Videocall.

Es tat gut, sie zu hören und es jemandem erzählen zu können. »Zusammen mit einer Frau, die bestimmt fünfzehn Jahre jünger ist als ich.«

»Sein Ego scheint das ja zu brauchen.«

»Aber meins braucht es nicht.« Elli schlug sich mit den Händen vor die Stirn. »Was tue ich hier?«

»Gerade jetzt würde ich sagen, in Selbstmitleid zerfließen.«

»Ja«, antwortete Elli seufzend. »Und wie komme ich da wieder raus?«

»Wo genau hast du ihn gesehen?«

Elli entfuhr ein hysterischer Lacher. »Vorhin während der Kutschfahrt durch den Central Park, und danach hier im Hotel.«

Daraufhin fiel Danielle keine Antwort ein. Stumm starrte sie in die Kamera, als müsste sie das selbst erst einmal verdauen.

»Ja«, sagte Elli zynisch, »so habe ich auch geguckt.«

»Okaaay«, entgegnete Danielle und zog das Wort in die Länge. Ihre Lippen pressten sich aufeinander und ihr Blick wurde fest. »Ich weiß, was du jetzt tun musst.« Danielle holte tief Luft. »Hab Spaß. Und zwar vor seinen Augen.«

»Wirklich?«

»Na klar«, sagte Danielle mit vehementer Stimme. »Wenn du vor ihm einknickst und ihm zeigst, wie sehr er deine Gefühle in der Hand hat, pusht das sein Ego noch mehr. Er ist ein Idiot. Biete ihm die Stirn.«

»Ich weiß nicht, ob ich das kann.«

»Dann lerne es, Elli. Er macht auf Papa, will die Kids sehen und versetzt sie wieder, um mit einer Frau, die seine Tochter sein könnte, nach New York zu fahren.«

»Du hast recht. Aber das wird mir schwerfallen.«

»Ich weiß«, entgegnete Danielle und strich sich durch den blonden Pony. »Tu es trotzdem. Und wenn du es nicht für dich schaffst, dann für deine Kinder!«

»Danke, Dan. Ich werde mein Bestes geben.« Elli legte auf und starrte auf das dunkle Display.

Danielle war ihre größte Stütze – schon immer gewesen. Bislang hatte es stets gelohnt, auf sie zu hören. Sie musste wenigstens versuchen, Cliff selbstbewusst gegenüberzutreten. Mit unruhigen Gedanken aß sie ein paar Löffel Gemüse und Kartoffeln, doch ihr Magen wollte sich nicht beruhigen. Schließlich gab sie auf und legte sich schlafen, in der Hoffnung, dass der morgige Tag besser würde.

Kapitel 3

Am nächsten Morgen wurde Elli von den Sonnenstrahlen geweckt, die durch das Fenster auf ihr Gesicht schienen. Der Himmel war klar und versprach kalte Luft. Auf den Straßen tobte der Verkehr. Erstmals seit Langem merkte Elli wieder, was es hieß, morgens nicht für zwei Kinder zuständig zu sein, auch wenn die immer selbstständiger wurden. Einfach im Bett zu liegen und das Nichtstun in diesem Zimmer zu genießen, war fabelhaft.

Das weckte ihre Lust auf den Tag, und sie griff nach dem Aktivitätenflyer. Auf dem heutigen Programm standen entweder ein Strickkurs für einen Weihnachtspulli oder ein Backkurs für Gingerbread, Cinnamon Roll Cookies und Mini Pies. Beides klang witzig und für beides besaß sie kaum Talent.

Sie schob die Entscheidung auf, machte sich für den Tag fertig und griff nach dem halb leeren Teller vom Vorabend. Dann ging sie zum Frühstück.

***

Der Duft von Kaffee und Bacon zog sie wie von allein in die Schmalzstube, wo von Cliff und Ashley zum Glück nichts zu sehen war. Ihr Magen gab ein hörbares Grummeln von sich.

Eine verjazzte Version von *All I want for Christmas* schmetterte aus den Lautsprechern und zauberte eine belebte Stimmung in den Raum, von der sich Elli anstecken ließ.

Sie gab das Geschirr zurück und schaufelte sich einen neuen Teller mit Rührei und Bacon voll, dazu nahm sie einen Bagel und Frischkäse. Mit einer dampfenden Tasse Kaffee setzte sie sich an einen Tisch nahe dem Buffet und füllte ihren ausgehungerten Magen.

Das hier hatte sie sich wirklich verdient. Ein schlechtes Gewissen war unangebracht. Mit jedem Bissen schluckte sie es weiter hinunter, bis sie schließlich satt und glücklich zur Rezeption marschierte, um sich für das Tagesangebot anzumelden.

Pam empfing sie am Tresen mit einem warmherzigen Lächeln. »Haben Sie gut geschlafen, Miss Middleton?«

»Sehr gut, die Matratzen sind wunderbar.«

In diesem Moment gab der Fahrstuhl ein *Pling* von sich und die Türen schoben sich auseinander. »... schiebe dir dann ein Stück Teig in den Mund«, hörte sie Cliff sagen.

Ellis Stimmung bekam umgehend einen Seitenhieb. Sie zwang sich, nicht hinzusehen, und konzentrierte sich auf Pam. Die beiden würden ihr die Laune nicht noch einmal verderben. Schließlich war sie erwachsen und eine gestandene Frau.

Kurzentschlossen entschied sie sich für die Konfrontation. »Ich würde gern am Backkurs teilnehmen«, sagte sie zu Pam und zwang sich zu einem Lächeln.

»Dann viel Vergnügen, Miss Middleton«, antwortete Pam und drückte ihr eine beigefarbene Karte in die Hand. Darauf stand in goldenen Lettern *Gutschein* und darunter eine Adresse. »Beginn ist 11 Uhr. Wenn Sie es mit einem gemütlichen Spaziergang verbinden wollen, starten Sie zeitnah.«

Elli bedankte sich und holte ihre Tasche aus dem Hotelzimmer. Bevor sie ging, fiel ihr Blick auf den Haselzweig. Sie überlegte einen Moment, dann griff sie danach und verstaute ihn behutsam in ihrer geräumigen Handtasche. Ein bisschen Glück konnte nicht schaden.

Im Fahrstuhl betrachtete sie noch einmal den liebevoll gestalteten Gutschein. Auf der Rückseite fand sie einen Miniaturplan, der sie auf die andere Seite des Central Parks leitete. Ein roter Kreis markierte das Ziel. Das war ein weiter Weg, dennoch entschied sie sich gegen ein Taxi und für einen zügigen Marsch, als sie vor das Hotel trat und die Wintersonne ihre Wangen trotz der Kälte wärmte.

Zehn Minuten später überquerte sie die Fifth Avenue und betrat den Central Park. Wie am Vortag war sie von der schieren Größe des Areals überwältigt. Überall Bäume, Wiesen, Wege – gespickt mit allerlei Sehenswürdigkeiten und dahinter schraubten sich Hochhäuser gen Himmel. Ein Anblick, den sie aus ihrer ländlichen Heimat überhaupt nicht kannte. Sie fühlte sich einerseits klein, andererseits so frei, als könnte sie bis zum Himmel hinauffliegen. Beschwingt spazierte sie zwischen reifbesetzten Wiesen und kahlen Baumreihen entlang, bis sie auf der anderen Seite wieder zwischen Häuserfronten trat.

Nur zwei Querstraßen weiter hatte sie das Ziel erreicht. Sie wusste es sofort. Auf einer Ecke stand ein Fachwerkhaus von nur zwei Stockwerken Höhe. Es wirkte deplatziert in dieser Gegend, umso mehr verliebte sie sich darin. Über der Tür zog sich ein Schriftzug entlang.

Stop the hustle, come to Hazel.

Biskuitrollen mit dunkler und heller Füllung verführten von Weitem das Auge und die Torten und Teller voll Plätzchen im Schaufenster machten Ellis Mund trotz des reichhaltigen Frühstücks wässrig. Durch die ausladende Fensterfront und das hell ausgeleuchtete Geschäft erkannte sie gut gefüllte Tischgruppen und Variationen von Bagels und Croissants, die sich in den Regalen hinter der Kuchentheke türmten.

Sie lobte sich für ihre Wahl und ging beschwingten Schrittes die letzten Meter über die Straße. Ihr Blick klebte förmlich an dem Geschäft, sodass sie sogar vergaß, auf dem Fußweg nach Passanten zu schauen.

Etwas Hartes stieß unerwartet gegen ihren Oberarm. Sie verlor die Balance und stürzte auf den Po. Neben ihr fielen weiße Päckchen zu Boden, von denen eines aufplatzte. Weißer Staub verteilte sich in der Luft und legte sich wie Schnee auf sie.

»Ach du Schreck, das tut mir leid!«, rief eine männliche Stimme. Ein Mann mit Bäckermütze eilte in die Backstube. Eilig legte er die restlichen Päckchen ab, die er auf dem Arm hatte retten können, und hastete wieder hinaus. Vor Elli ging er in die Knie. »Alles in Ordnung?«

Sie nahm die Hand, die er ihr entgegenstreckte, und ließ sich aufhelfen. »Ich denke, ja.«

Seine Augen wirkten warm. Das tiefe Braun der Pupillen war wie ein Sog, das freundliche Lächeln wie sanfte Wellen. Ein paar Falten lagen auf seiner Stirn und sie bemerkte erste Lachfältchen an den Augenrändern. Er musste ähnlich alt sein wie sie selbst. Ein zarter Bäckerbauch verbarg sich unter einem weißen Oberteil, das heute bereits einiges an Arbeit gesehen hatte. Und diese muskulösen Oberarme schleppten wohl regelmäßig Mehlpäckchen durch die Welt.

»Mehl steht dir gut«, sagte der Bäcker lächelnd, als sie wieder auf ihren Beinen stand.

Elli blickte an sich hinab. Ihre komplette Kleidung war voll davon. Sie bemühte sich, den Mehlstaub abzuklopfen, ohne sichtbaren Effekt. Er stob auf und schmiegte sich umgehend wieder an ihre dunkle Jacke.

»Nicht nur dort«, sagte der Mann. Als sie aufsah, deutete er auf ihr Gesicht. »Es tut mir wirklich leid. Kommen Sie mit rein, da gibt es eine Toilette.«

Elli sah über seine Schulter ins Schaufenster. Durch die Beleuchtung war kaum etwas von ihrer Spiegelung zu erkennen, aber sie konnte vage weiße Mehlwangen und einen verstaubten Pony ausmachen. Der Anblick wirkte so bizarr, dass sie anfing zu kichern. »Ich bin ein wandelnder Mehlzombie.«

Der Bäcker lachte. »Das könnte man meinen.« Er nahm ihre Hand und zog sie mit sich.

Im ersten Moment wollte sie ihre Hand zurückziehen, doch seine Finger schlossen sich angenehm warm um ihre. Sein Griff war nicht fordernd, vielmehr einladend. Sie gab nach und ließ sich hineinführen.

***

Als Elli über die Ladenschwelle trat, schlug ihr der Duft von Zimt und Lebkuchen entgegen. Er vermischte sich mit dem von frischen Croissants. Zum Glück hatte sie gut gefrühstückt, sodass ihr Magen keine peinlichen Geräusche von sich gab.

Der Bäckersmann zeigte einen Gang entlang, der neben der Theke tiefer in die Backstube hineinführte. »Die Toiletten sind dort hinten. Darf ich Ihnen inzwischen einen Kaffee anbieten?«

»Danke, ich hätte eher gedacht, dass ich Ihnen das verschüttete Mehl ersetze.«

»Wieso das denn?«, fragte er. »Schließlich habe ich nicht aufgepasst. Ein Kaffee ist das Mindeste.« Ein Lächeln trat auf sein Gesicht, das bis zu Elli strahlte.

Ihr Herz hüpfte und ihr Magen fühlte sich an, als würde ihn jemand auf angenehme Art durchkneten. »Ich bin nicht sicher, ob meine Zeit dafür reicht.«

»Dann gebe ich Ihnen einen To Go mit.«

»Nein, nein«, bremste Elli ihn und zog den Gutschein aus ihrer Tasche. »Eigentlich bin ich für den Backkurs hier.«

»Ach so.« Seine Mundwinkel zogen sich noch weiter auseinander. »Dann bekommen Sie ohnehin einen Kaffee. Und ein Stück Kuchen packe ich Ihnen obendrauf.« Er streckte ihr die Hand entgegen. »Ich bin Timothy oder kurz Tim. Ich leite den Kurs. Schön, dass Sie dabei sind.«

»Elli, hi.« Sie ergriff Tims Finger.

Warm und weich war sein Händedruck. Nicht schlaff wie Butter, sondern straff genug, sich darin wohlzufühlen, ohne zerdrückt zu werden. Sie wollte Tims Hand am liebsten noch länger festhalten. Als sie sich bei dem Gedanken erwischte, ließ sie los.

»Gehen Sie nach dem Frisch machen einfach den Gang bis ans Ende, wir fangen in fünf Minuten an.« Zügig verschwand Tim hinter der Theke, bat seine Kollegin an den Kaffeeautomaten und flitzte geschäftig umher.

Elli konnte den Blick kaum abwenden, raffte sich dann aber auf. Sie musste Tim nicht anstarren bei seinen Vorbereitungen, und das Mehl musste definitiv ab.

Sie zog die Jacke aus, legte sie über ihren Arm und betrat den Gang zu den Toiletten. Dort stand Cliff gegen eine Wand gelehnt, eine Tasse heißen Kakao in der Hand. Sie hatte ihn überhaupt nicht bemerkt.

Grimmig starrte er sie an. »Was machst du hier?«

Ellis Herz verkrampfte sich, ohne dass sie etwas dagegen unternehmen konnte. Genervt von sich selbst krallte sie die Finger um den Tragegurt ihrer Handtasche und straffte die Schultern. »Ich habe mich für den Backkurs angemeldet.«

»Wieso? Du magst keinen Kuchen und liebst Weihnachtspullis.«

Sie antwortete nicht prompt, sondern musterte Cliff eingehender. Das klang beinahe, als hätte er genauso damit zu kämpfen, dass sie hier war, wie sie mit ihm. Dieser Gedanke beruhigte sie derart, dass sie in einen bequemen Stand sank. »Ja, aber nähen kann ich nicht. Dafür hatte ich Lust auf leckeres Essen.«

Er scannte ihr mehlbestäubtes Aussehen von Kopf bis Fuß. »Scheint ja bereits geklappt zu haben.«

»Cliff!«, rief jemand vom Ende des Ganges, ehe Elli antworten konnte. Ashley winkte ihm zu. Dann sah sie, mit wem Cliff sich unterhielt. Unsicher huschte ihr Blick zwischen den beiden hin und her.

»Ich gehe mich frisch machen«, sagte Elli und schob sich energisch an Cliff vorbei. Sein Ellbogen reckte sich in den Weg. Sie blieb daran hängen, riss ihm dabei die Tasse aus der Hand, woraufhin sich der warme Schokoladenaufguss auf ihrem Shirt verteilte. »Shit!«, fluchte sie. Der Fleck ruinierte ihr hellgrünes Oberteil, klebte nass und unangenehm auf ihrer Haut.

»Pass das nächste Mal besser auf, wo du hingehst«, raunte Cliff im Vorbeigehen.

»Was sollte das?«, schnauzte sie ihn an, weil sie sicher war, er hatte das mit Absicht gemacht, doch er blickte nicht noch einmal zurück.

Frustriert bog sie zur Toilette ab. Hinter der erstbesten Kabinentür verschwand sie und sank auf die Toilettenbrille.

Dieser Mann war das Letzte! Wie hatte sie ihre Gefühle jemals an ihn hängen können? War er damals bereits das Ekel von heute gewesen? Hatte es den Abstand gebraucht, das zu verstehen? Oder gab er sich extra Mühe, ihr zu zeigen, was für ein Idiot er war, damit sie ihm fern blieb?

Es klopfte an ihrer Kabinentür. »Alles in Ordnung bei Ihnen?«, fragte eine Frauenstimme von außerhalb.

Elli hatte keine Ahnung, wer da stand oder wann sie hereingekommen war. Das Klopfen hatte ihr einen Schrecken eingejagt.

»Es geht schon«, sagte sie, obwohl es nicht stimmte. Ihr Shirt war klitschnass und mit einem riesigen braunen Fleck versaut. Auf der Hose mischte sich der Kakao mit dem Mehlstaub.

Die Person draußen wollte offenbar nicht gehen. Der zarte Schatten, der sich unter der Tür abzeichnete, rührte sich nicht. »Hier ist Ashley. Ich habe gesehen, wie Cliff sich mit Ihnen gestritten hat und dann das Malheur passierte.«

»Halb so wild. Ich bin es gewohnt, Flecken mit mir herumzutragen.«

»Cliff hat erzählt, dass Sie töpfern. Aber Lehm sorgt selten für eine Kakaoexplosion.«

Elli konnte nicht anders. Sie musste lachen, auch wenn sie bei Flecken weniger an die Arbeit und mehr an ihre Kinder denken musste. Sie erhob sich, öffnete die Tür und trat hinaus.

Ashley stand vor einem Waschbecken und betrachtete sie aus ihren nussbraunen Augen. Unter schwarzen Locken saßen weiche Gesichtszüge und eine makellose Figur. Die zarten Falten um die Augen korrigierten Ellis ersten Alterseindruck. Sie waren kaum zu sehen, die Haut bestens gepflegt, aber sie war keinesfalls mehr Anfang zwanzig.

»Versuchen wir, es auszuwaschen«, schlug Ashley vor und griff nach dem Papier.

Elli stellte ihre Tasche zu Boden. »Ehrlich gesagt ist es befremdlich von Ihnen, also von ... wie soll ich es sagen?«

Ashley starrte sie an, dann sanken ihre Schultern ein Stück und sie nickte. »Von der Neuen Ihres Ex' Hilfe zu bekommen?«

Elli nickte.

»Soll ich lieber gehen?«

Die Frage war in solch einfühlsamem Tonfall gestellt, dass es Elli warm ums Herz wurde. »Danke. Werten Sie es nicht als Affront, aber ich glaube, ich würde das lieber allein machen.«

Ashley nickte und ging zur Tür. Kurz bevor sie hinaustrat, wandte sie sich noch einmal zurück. »Cliff meint es nicht so. Er ist nur angespannt.«

»Das ist eine seltsame Art, das zu zeigen«, entgegnete Elli und griff nach den Papierhandtüchern.

»Ich weiß. Wenn ich irgendetwas tun kann, sagen Sie Bescheid.« Dann verschwand Ashley und die Tür fiel wieder zu.

***

Eine gefühlte Ewigkeit schrubbte Elli auf ihrer Bluse herum. Am Ende sah die Katastrophe noch katastrophaler aus, und sie gab auf.

Frustriert warf sie das Handtuchpapier in den Müllkorb. Dabei fiel ihr Blick auf ihre Tasche, aus der der braune Haselzweig hervorlugte.

Sie hockte sich hin und zog das Ästlein heraus. In ihren braungrünen Samtkleidern sahen die Nüsse jungfräulich aus, zart und unbefleckt. Wie gern hätte sie jetzt den Zauber aus *O Popelce* zur Hand. In ihrem aktuellen Outfit konnte sie keinesfalls an einem Backkurs teilnehmen.

Unentschlossen stand sie wieder auf und drehte den Zweig in ihren Händen hin und her. Nur ein sauberes Shirt, mehr wünschte sie sich nicht. Obwohl ihr klar war, dass das nichts ändern würde, brach sie eine der Haselnüsse heraus. Ehe sie richtig zugreifen konnte, rutschte die Nuss aus ihrer Blätterhülle, rollte über ihre Hand und fiel zu Boden.

Dort kullerte sie weiter hinter die letzte Kabine.

Elli eilte in gebückter Haltung hinterher. Sie hob die beschalte Frucht vom Boden auf und betrachtete sie im Hocken. Eine Stelle der braunen, harten Hülle war aufgeplatzt und ein paar Krumen Mehl hafteten daran.

Sie piepelte die Schale auf und fand darin ... eine Haselfrucht. Braun und klein, reif und ansehnlich. Das Mehl auf der Schale musste von ihrer Kleidung oder dem Boden stammen. Was hatte sie erwartet? Ein Kleid? Einen Zauber? Ein Märchen voller Romantik?

Enttäuscht stand sie wieder auf und hob den Blick. Die Überraschung traf sie aus dem Nichts und wischte allen Frust davon.

Da hing tatsächlich ein schneeweißes Bäckershirt zusammen mit einer ebenso schneeweißen Mütze auf einem Kleiderbügel hinter der letzten Kabinenwand an einem Haken. Bestimmt gehörte das jemandem, wenngleich Elli weder ein Logo noch einen Namen auf dem Shirt ausmachen konnte. Es war allerdings verlockend sauber und trocken.

Unschlüssig betrachtete sie den Bügel, dann sah sie zur Tür. Sollte sie fragen gehen? Andererseits könnte sie das Shirt waschen oder für die Reinigung aufkommen, wenn es wirklich nötig war. Sie wollte dringend raus aus ihrem Kakaofleckenshirt. Kurzerhand griff sie nach dem Bügel und verschwand erneut in der Toilettenkabine.

Das schlechte Gewissen nagte an ihr, während sie die Kleidung wechselte. Doch der frische Stoff lag angenehm auf ihrer klammen Haut, also schob sie jeden bremsenden Gedanken weit nach hinten. Wie angegossen umschmeichelte das Weiß ihren Oberkörper, formte ihre Brust und fiel locker über den Bauch. Sie wusch sich das Gesicht, klopfte das Mehl aus den Haaren und stopfte das Shirt in die Jeans, die sie trug. Das Ergebnis zeigte sich ansehnlich im Spiegel. Augenblicklich fühlte sie sich wohler.

Fehlte noch die Mütze. Sollte sie wirklich?

Mit einem Schmunzeln auf den Lippen zog sie die Haube über. Die saß perfekt, verdeckte die Haare, rutschte nicht, als wäre sie genau wie das Shirt maßgeschneidert.

Die nasse Bluse rollte sie zusammen und stopfte sie in die Handtasche hinein.

Mit deutlicher Verspätung trat sie vor das Zimmer, in dem der Backkurs stattfinden sollte. Im Inneren herrschte eine muntere und fröhliche Geräuschkulisse.

Zaghaft klopfte sie an die Tür und trat ein.

Nach und nach verstummten die Gespräche. Gesichter starrten sie an, darunter die von Cliff und Ashley. Während Ashley einen Gruß andeutete, wandte Cliff das Gesicht ab.

Elli straffte die Schultern. »Hi, ich bin Elli und war ebenfalls angemeldet. Sorry für die Verspätung.«

»Kein Problem«, sagte der Mann namens Tim, mit dem sie vor der Bäckerei zusammengestoßen war. »Steigen Sie einfach mit ein.« Er winkte sie neben sich. Als sie näherkam, betrachtete er sie eingehend. »Wir kennen uns.«

»Vielleicht.«

»Na klar!«, rief er aus. »Sie waren es, der ich das Stück Kuchen schulde. Wobei Sie aussehen, als könnten Sie Ihr eigenes backen.«

»Das wäre eine Überbewertung meiner Fähigkeiten.«

Jemand räusperte sich im Hintergrund. »Können wir jetzt weitermachen?« Cliff klang genervt.

»Natürlich«, sagte Tim, während Elli sich zwischen die anderen einreihte. »Die Aufgabe bleibt zunächst die gleiche: Den vorbereiteten Teig ankneten, zu Kugeln rollen, platt drücken und die Minipie-Formen damit befüllen. Was übersteht, wird sauber weggeschnitten. Der Grundteig ist ganz einfach. Das Rezept erhaltet ihr am Ende noch einmal zum Mitnehmen. Füllt zu zweit immer ein Blech voll Förmchen.«

Pärchen wandten sich einander zu. Die meisten Gesichter kannte Elli in genau diesen Paarungen aus dem Frühstücksraum des Hotels. Sie war offenbar die Einzige, die ohne Anhang hier war. Und nun?

»Füllen wir ein Blech gemeinsam?«, fragte Tim und legte lächelnd einen Klumpen Teig auf die mit Mehl bestäubte Arbeitsfläche.

»Gern«, antwortete Elli und beobachtete, wie er mit geschickten Fingern eine kleine Menge der Masse griff und sie zwischen seinen Handflächen zu einer Kugel rollte. Wenig später war es ein handflächenkleiner, flacher Teigling, den er in eine Form mit gewelltem Rand legte und an den Rändern andrückte.

»Jetzt Sie.«

Zögerlich nahm Elli ebenfalls ein Stück und wiederholte die Schritte, die sie bei Tim gesehen hatte. Am Ende steckte ein gleichmäßig dünner Teig im Förmchen und gesellte sich zu drei anderen auf das Blech.

Das machte wirklich Spaß. Elli war nie besonders gut im Backen gewesen und auch nicht geduldig, aber einen vorbereiteten Teig zurechtformen konnte sie.

»Wenn die Bleche voll sind, verarbeiten Sie den restlichen Teig einfach zu Plätzchen«, sagte Tim und schnappte das Blech vom Tisch, auf dem Ellis Förmchen standen. Er balancierte es über ihren Kopf hinweg. Sie zog die Schultern ein und sah dabei zu, wie Tim zur Kühlung marschierte. Dabei blieb er an der Schlaufe eines Rucksacks hängen, stolperte und das Blech erhielt gehörig Schieflage. Die meisten Förmchen rutschten geräuschvoll hinunter und schepperten zu Boden, bevor Tim das Blech ausbalancieren konnte.

»Verdammt«, murmelte Tim, während er das Malheur beäugte. Verlegen kratzte er sich am Hinterkopf und blickte die Teilnehmer seines Kurses an. »Am besten, Sie tragen Ihre Bleche selbst.«

Die meisten lachten; Cliff verdrehte die Augen.

Es schmerzte Elli, dass er das machte. Genauso hatte er immer geschaut, wenn ihr ein Missgeschick passiert war. Sie hatte diesen Zug gehasst, und sie tat es noch immer.

Hastig wandte sie sich ab, um Tim beim Aufheben der Förmchen zu helfen. Aber das war nicht mehr nötig. Das Pärchen, das neben ihr gearbeitet hatte, hockte am Boden und direkt daneben ... Ashley. Auch sie griff nach Teigformen und stapelte sie auf die Arbeitsfläche. Dann erhob sie sich und brachte ihr eigenes Blech in die Kühlung.

Elli erschrak, als ihr klar wurde, an wen Ashley sie erinnerte: an sich selbst. Hilfsbereit und treu hatte sie sich an jemanden gebunden, der diese Wärme nie zurückgeben konnte und nicht verdiente.

In diesem Moment tat Ashley ihr leid. Wobei das nicht ganz stimmte. Im Grunde tat sie sich selbst leid.

Als ihr das bewusst wurde, stieg ihr eine Träne in die Augen. Jedoch keine schwere, sondern eine leichte. Das Gewicht auf ihrem Herzen, das mindestens eine Tonne gewogen haben musste, fiel. Übrig blieb ein einziger Gedanke: Sie brauchte keinen Cliff mehr, um sich wohlzufühlen. Er hatte sich selten gütig gezeigt, und sie wollte ihr Glück nicht mehr von ihm abhängig machen.

Sie griff ein Stück Teig und knetete ein unförmiges Bällchen daraus, um es zu essen.

Da kehrte Ashley zu Cliff zurück. Sie drückte sich in seine Arme und er schob ihr strahlend ein Stück Teig in den Mund.

Elli senkte ihr eigenes Stück angewidert zurück auf die Arbeitsplatte. Sie brauchte ihn nicht, nur war das Kapitel lange nicht abgeschlossen, die Vergangenheit schmerzte noch immer. Sie hatte sich nie die Zeit genommen, es zu verarbeiten. Mit den Kindern war ihr als Alleinerziehende dafür keine Zeit geblieben. Gedankenverloren knetete sie den Teig in die erstbeste Form, die in ihrem Kopf aufploppte.

***

Elli rollte einen dünnen Stängel, den sie mithilfe eines Holzstäbchens in die richtige Form brachte. Dazu modellierte sie eine kleine Kugel. Wie eine geschlossene Blüte lief sie an einer Seite spitz zu. Darum wob sie zarte Blätter mit angedeuteten Fransen. Zufrieden befestigte sie das Konstrukt an dem Stängel und betrachtete ihr Werk.

»Wow«, sagte Tim, der wie aus dem Nichts neben ihr auftauchte.

Sie war so in Gedanken versunken, dass sie für einen Moment alles um sich herum vergessen hatte.

Sie wusste nicht, was er meinte, dann folgte sie seinem Blick, der auf ihren Händen lag. Sie fand das Ergebnis nur mäßig gelungen, immerhin war Teig nicht das geeignetste Material. Trotzdem war es ihr passend erschienen.

Tims Augen klebten noch immer an dem Haselzweig. »Das sieht ... Sie tragen die Konditormütze wohl nicht umsonst.«

Ellis Bauch kribbelte und ihr wurde warm ums Herz. Cliff hatte ihr künstlerisches Talent nie geschätzt, sondern sich immer lustig gemacht. »Danke, ich töpfere beruflich.«

»Ah, ein Talent fürs Modellieren. Was halten Sie davon, für jeden von uns ein paar Haselzweige zu erschaffen? Ich bringe Ihnen passendes Werkzeug.«

»Sollte ich nicht backen?«

Timothy kratzte erneut verlegen seinen Nacken. »Ich fürchte, von Ihren Förmchen sind nach meinem Ungeschick nicht viele übrig. Während ich die Füllung mache, könnten Sie die Deko übernehmen, aber aus Marzipan. Damit modelliert es sich besser.«

Aus der restlichen Runde strömte ihr vornehmlich begeistertes Nicken entgegen, sogar von Ashley.

Elli spürte ein Kribbeln in ihren Fingern. Es zog ihre Arme hinauf, den Rücken hinunter und pflanzte sich in ihrem Herzen fest. Wäre da nicht Cliffs abschätziger Blick, der wie ein Pfeil dazwischen flog. Sie blickte zu Tim. In seinen Augen lag ein fröhlicher und begeisterter Glanz. Ehe sie eine Entscheidung treffen konnte, stürmte er davon.

Kurz darauf war Elli für ihre Aufgabe ausgerüstet. Das Schicksal hatte entschieden. Einen Rückzieher konnte sie nicht mehr machen. Allerdings war Backen ohnehin nicht ihre Welt. Dafür schwebte ihr das Bild des Haselzweiges klar vor dem inneren Auge. Lustvoll ging sie ans Werk.

Nach zwei Stunden lagen knapp zwanzig Haselzweige mit je einer Nuss auf der Arbeitsfläche. Tim hatte sie mit Farbe besprüht, um sie noch echter wirken zu lassen. Zufrieden und voller Stolz betrachtete Elli ihr gemeinsames Werk.

Timothy nahm einen Zweig und drehte ihn ehrfürchtig in seinen Fingern. »Der sieht zauberhaft aus.« Behutsam drapierte er zusammen mit den Teilnehmern einen nach dem anderen auf den Minipies. Obwohl nicht alle Küchlein eine Exklusivdekoration erhielten, konnte jeder etwa drei davon mitnehmen. Sie gesellten sich zu dem Berg Cinnamon Rolls und Ginger Bread, der zwischenzeitlich gebacken worden war. Der ganze Raum roch nach Nüssen, Zimt und Lebkuchen, und Weihnachtsstimmung kroch in Ellis Herz.

Tim klatschte in die Hände und die komplette Runde stieg ein. »Vielen Dank Ihnen allen. Sie sind tolle Bäckerinnen und Bäcker. Ich hoffe, es hat Ihnen ebenso viel Spaß gemacht wie mir.« Er stellte kleine und große Papierboxen in die Mitte. »Die meisten Teilnehmer meiner Kurse spenden einen Teil ihrer Backerzeugnisse an bedürftige Kinder. Wir verteilen diese Geschenke immer sonntags in der Adventszeit. Legen Sie Ihre Spende gern auf das Blech in die Mitte. Was Sie mit nach Hause nehmen möchten, kommt in Ihre Box.«

Zuerst stand Elli ratlos herum, weil sie im Grunde außer Marzipandekoration nichts erschaffen hatte. Dann
drückte Tim ihr mit einem Lächeln einen der Papier-
kartons in die Hand. »Meine Arbeit ist Ihre. Greifen Sie
zu.«

Elli bedankte sich und nahm zwei dekorierte Minipies für Brooke und Nathan, vier Cinnamonrolls und
zwei lange Gingerbreadstangen von dem riesigen Stapel, der Tim zugeschrieben war. Er hatte mindestens
doppelt so viel geschafft wie alle anderen. Alles sah
stimmig und gleichförmig aus.

Sie beschloss, den Rest in die Mitte zu schieben, und
belegte damit das Blech für Bedürftige fast zur Hälfte.

Offenbar hatte das eine Sogwirkung, denn das Blech
füllte sich innerhalb von zehn Minuten mit einem an-
sehnlichen Berg.

»Sie dürfen gern mehr für sich behalten«, sagte Tim,
als er die Fülle sah.

Ein älterer Herr schüttelte den Kopf. »Schon gut. Wir
haben, was wir brauchen.« Sacht klopfte er auf seinen
Karton.

»Machen Sie anderen eine Freude damit«, sagte die
Frau an seiner Seite.

Waren das Tränen in Tims Augen? Sie glänzten
feucht, und er führte die Hände zum Herzen. »Danke«,
hauchte er. »Ich wünsche Ihnen allen eine gesegnete
Weihnachtszeit und ein frohes Fest.« Dann begann er,
die Plätzchen in andere Boxen umzustapeln.

Ein Teilnehmerpärchen nach dem anderen verließ
den Raum. Elli entging nicht, welche große Box rand-
voll mit Pies, Rolls und Lebkuchen Cliff nach draußen
schleppte. Ashleys Blick huschte unsicher zwischen

Cliff und den missbilligenden Blicken der anderen hin und her.

Tja, so war er. Es grenzte an ein Wunder, dass das Elli nie aufgefallen war, während sie mit ihm zusammen war. Wie viele Freundinnen hatten ihr von ihm abgeraten? Aus heutiger Sicht offenbar nicht genug.

Als das letzte Paar verschwunden war, nahm sie die Mütze vom Kopf und trat noch einmal an Tim heran.

»Oh, haben Sie etwas vergessen?«

»So in etwa.« Sie deutete auf die geliehene Kleidung. »Das Shirt und die Mütze lasse ich reinigen und bringe sie die Tage zurück. Versprochen.«

»Wieso sollten Sie?«

»Weil sie der Bäckerei gehören.«

Tims Brauen zogen sich fragend zusammen. »Unwahrscheinlich. Unsere Shirts sind mit dem Logo der Bäckerei versehen.« Er zeigte auf die drei Haselnüsse, die sein Shirt im Brustbereich sowohl als Bild als auch Schriftzug zierten.

Elli blickte an sich herab. »Sie haben recht.«

»Außerdem«, sagte Tim und tippte auf die Mütze in ihren Händen, »steht hier Ihr Name drin. Elli war es doch, oder?« Er zeigte auf die Unterseite, auf der sich in hellgrauen Fäden eine Stickaufschrift befand.

»Aber ...« Sie griff danach, strich mit den Fingern darüber. »Das ist ...«

»Alles in Ordnung?« Tims Mimik wechselte zu so etwas wie besorgt.

Vielleicht hielt er sie auch für verrückt. Elli konnte es nicht genau sagen. Wie oberpeinlich!

»Ich muss los«, stieß sie hervor, ehe sie sich um Kopf und Kragen reden konnte. »Danke für den wunderschönen Tag.«

»Ich habe zu danken«, antwortete Tim und streckte die Hand zu ihr aus.

Eine innere Bremse hinderte Elli daran, zuzugreifen. Sie winkte und eilte, ohne sich noch einmal umzusehen, mit Jacke und Tasche über dem Arm davon.

Erst als sie den Central Park erreichte, hielt sie inne. Was tat sie hier? Sie hatte diese ohnehin peinliche Situation noch peinlicher gemacht. Ging das überhaupt? Ihr Herz klopfte und sie atmete angestrengt. Zarte Wolken bildeten sich vor ihrem Mund. Die Kälte fing sie quälend ein, weil sie in all der Aufregung noch nicht einmal die Jacke übergezogen hatte. Sie kroch in die dicken Ärmel und zog den Reißverschluss bis zum Kinn hinauf.

Das war verrückt! Noch einmal nahm sie die Mütze in die Hand. Offenbar hatte jemand seine Kleidung in der Toilette hängen lassen. Aber jemand, der den gleichen Namen trug wie sie? Das waren zu viele Zufälle auf einmal.

Ob Cliff etwas damit zu tun hatte? Unwahrscheinlich. Und die Haselnuss ...? Blödsinn! Sie schüttelte den Kopf, um die Gedanken daraus zu vertreiben. Wie verrückt war das alles, dass sie sogar solche albernen Ideen in Erwägung zog?

Kopfschüttelnd schob sie die Mütze in ihre Handtasche und vergrub ihre Hände in den Jackentaschen. Dann ließ sie sich treiben, zuerst durch den Park, dann zu den Shops in der Nähe des Hotels.

Kapitel 4

Im ersten Geschäft trat Elli an einen Kleiderständer mit Blusen heran und zog zwei Stück – in Dunkelblau und in Schwarz hervor. Die dunkelblaue Bluse saß perfekt. Daher bezahlte sie, ließ das Schild abschneiden und wechselte aus dem weißen Shirt in ein Outfit, das besser zu einer Shoppingtour passte.

Einen Shop weiter fand sie ein paar rote Weihnachtsstulpen, die warm und kuschelig waren und Elli zu einem weiteren Kauf verleiteten. In einem schnuckeligen Buchladen entdeckte sie ein Buch für Brooke von deren Lieblingsautorin und sah wenige Türen später ein Set Stifte für Nathan, der gern zeichnete.

Danach trug sie eine volle Einkaufstüte mit sich, dafür war ihr Portemonnaie fast leer.

Sie schluckte, denn sie hatte nicht all das Geld ausgeben wollen. Der Gewinn des letzten Monats hielt sich in Grenzen und ließ zusätzliche Ausgaben nicht zu. Mit einem schlechten Gewissen ging sie zum Geldautomaten und prüfte ihren Kontostand, bevor sie noch einmal Geld abhob. Laut Flyer vom *Hazel Inn* kostete das Schlittschuhlaufen, für das sie sich am nächsten Tag anmelden wollte, zwanzig Dollar, die jedoch in bar zu entrichten waren. Ihr Budget für hübsche Klamotten war aufgebraucht; schade.

Ein paar Läden weiter fiel ihr erneut die Schaufensterpuppe mit den kurzen Hosen und den warmen Leggings ins Auge. Sie überlegte und ging dann hinein. Nur weil das Geld rar war, konnte sie es trotzdem anprobieren.

Das Geschäft bestand aus zwei schmalen Gängen, in deren Mitte sich ein Aussteller quetschte, um auf dem begrenzten Platz reichlich Präsentationsfläche unterzukriegen. Über den dicht bepackten Kleiderstangen entlang der Wände hingen weitere Stücke. Hinter der Kasse saß ein Verkäufer über seinem Kassenbuch. Er blickte auf und lächelte Elli freundlich entgegen.

»Ich schaue nur«, sagte sie, womit er sich glücklicherweise wieder seiner Arbeit zuwandte. Sie wollte keine Beratung und keine aufgeschwatzten Anproben.

Mutig ging sie zu dem Aufsteller in der Mitte und parkte die Tasche und ihre Einkäufe daneben. Auf den Knien durchsuchte sie das darunter liegende Regal nach der passenden Größe und wurde ganz unten im Stapel fündig. Sie nahm die Hose und schob den Rest wieder ins Regal hinein. Beim Aufstehen kam sie mit dem Fuß gegen ihre Taschen, die umfielen und zwischen die Kleiderständer stürzten.

Peinlich berührt sah sie zum Verkäufer. Der hielt noch immer den Blick auf seine Abrechnungen. Erleichtert atmete sie durch und hob den Einkaufsbeutel auf. Die Box mit dem Gebäck aus der Backstube lag unter Hosenbeinen. Hastig zog sie sie hervor und packte sie in den Beutel zurück.

»Was wird das?«, erklang eine Stimme in der Nähe.

Erschrocken blickte sie auf und sah den Verkäufer neben sich stehen. Sein strenger Blick ruhte auf ihr und wanderte von dort zu der kurzen Hose, die zwischen Tasche und Einkaufsbeutel auf dem Boden lag.

»Das war keine Absicht.«

»Klauen können Sie woanders«, sagte er schroff und wies mit dem Arm in Richtung Tür.

»Sie verstehen das falsch.«

»Bitte gehen Sie, bevor ich die Polizei rufe.«

Eilig zog Elli die Tasche unter dem Hosenhänger hervor, tastete dabei noch einmal mit den Fingern herum, fand aber auf die Schnelle nichts. Sie schnappte ihre Einkäufe und eilte hinaus. Das Klingeln der Ladentür bimmelte wie eine Warnung in ihren Ohren: *Bloß nicht zurückzukehren.*

Mit ihren Einkäufen bepackt marschierte Elli durch die Dämmerung zurück. New York erstrahlte um diese Zeit mit jeder Minute mehr. Lichterketten leuchteten auf und bildeten ein funkelndes Meer, drapiert von kitschigen Dekorationen und bestrahlten Fassaden. Erst in den Seitenstraßen verlor sich der Glanz.

Vor der Tür des Hotels fand sie Pete, der dort mit seiner Kutsche wartete.

»Hallo Pete«, grüßte sie. »Noch auf Tour?«

Er führte die Finger an seinen Hut. »Miss Elli, ich grüße ebenso herzlich. Ja, eine Privatmietung. Die Adventszeit ist eine der lukrativsten und arbeitsreichsten.«

»Das glaube ich gern. New York ist um diese Uhrzeit eine Augenweide.«

Er nickte und strich einem seiner Pferde über die Flanke.

Elli wollte weitergehen, hielt aber noch einmal inne. »Darf ich Ihnen eine Frage stellen?«

Pete gab ein Nicken zur Antwort.

»Dieser Haselzweig, den Sie im Park gefunden und mir geschenkt haben, ist Ihnen daran etwas … Seltsames aufgefallen?«

Pete zog die Brauen fragend zusammen. »Nicht, dass ich wüsste, Miss. Wieso fragen Sie?«

Elli seufzte. »Eventuell hat er mir heute auf nahezu magische Weise Glück gebracht.«

Petes Mimik wurde weicher, ein Lächeln zeigte sich unter seinem breiten Bart. »Netten Menschen geschehen gute Dinge.«

»Danke. Das waren fast zu viele auf einmal.«

»Zufälle zu groß, als dass man daran glauben kann?«

»Ja.«

»Das ist das Wunder der Weihnacht, Miss. Dieser Haselzweig ist vielleicht nicht umsonst im Wagen gelandet. Wer weiß schon, welche Magie er noch in sich trägt.«

Elli schüttelte den Kopf. »Danke Pete, ich gehe dann mal.«

»Eine angenehme und magische Zeit noch.« Er zwinkerte ihr zu.

Mit den Einkäufen an den Händen trat sie in die Lobby, wo ihr Ashley und Cliff händehaltend entgegenkamen. Sofort stieß ihr der missbilligende Blick auf, mit dem Cliff ihre Besorgungen musterte.

Elli hob das Kinn und eilte an den beiden vorbei. In ihrem Zimmer legte sie alles zur Seite und fiel auf ihr Bett. Cliff hatte sie daran erinnert, wie der Backkurs geendet war.

Sie hatte keine Ahnung, was sie von diesem Tag halten sollte. Als sie kurz darauf zum Abendessen ging,

legte sich das Lächeln von Tim in ihre Gedanken; und
gleich darauf ihre überstürzte Flucht aus der Backstube. Dabei war er wirklich nett gewesen. Was gäbe sie
dafür, ihn noch einmal treffen zu können! Tims Lächeln setzte sich fest und begleitete Elli schließlich in
einen zeitigen und erholsamen Schlaf.

***

Als Elli wieder erwachte, war es stockfinster im Zimmer. Sie zückte ihr Handy: 6 Uhr morgens. Für einen
Mittwoch die absolut übliche Zeit daheim. Im Gegensatz zu sonst fühlte sie sich bestens ausgeruht.

Sie tippte auf das blinkende Messenger-Symbol und
fand einen verpassten Videocall von ihrer Schwester
um 20:30 Uhr, dazu eine Nachricht, die sie eine halbe
Stunde später verfasst hatte.

*Hey Sweety, alles gut bei dir? Bestimmt lässt du es or-
dentlich krachen, oder du pennst schon xD. Wenn du
zufällig zeitig genug wach bist, ruf mal durch. Die Kids
wollen Hallo sagen und von gestern berichten. Wir
sind ab 6 Uhr wach.*

Nathan und Brooke mussten gegen sieben zum Bus
los. Sie konnte also zuerst unter die Dusche hüpfen. Das
Wasser prasselte auf ihren Kopf und klärte ihre müden
Gedanken. Es half ihr, einen Haken an den seltsamen
gestrigen Tag zu setzen.

Mit dem Duft von Wasserlilie in der Nase, frischen
Klamotten und geföhnten Haaren saß sie eine halbe

Stunde später wieder auf dem Bett. Die Zimmerbeleuchtung zeigte ihr die nicht einmal ausgepackten Tüten vom Vortag. Die nasse Kakaobluse aus ihrer Handtasche hatte sie über einen Stuhl gehangen und den Rest einfach sich selbst überlassen. Nach dem Frühstück war bestimmt mehr Zeit.

Sie wählte Danielles Nummer. Nach wenigen Sekunden sprang das Bild an und ihre Kinder strahlten in die Kamera.

»Mom!«

»Hey, ihr zwei. Wie geht es euch?«

»Sehr gut«, grölte Nathan. »Wir sind die Stars deines Ladens.«

»Ja«, sagte Brooke mit genervt sarkastischem Tonfall. »Voll die Stars, nur weil wir fünf Vasen verkauft haben.«

»Wow«, entgegnete Elli, »das ist richtig toll!«

»Ja, Miss Woods verschenkt sie allesamt in der Familie«, erzählte Nathan mit einem Strahlen, das bis auf seine Wangen reichte. Brookes Seitenhieb überging er; vielleicht hatte er ihn auch nicht bemerkt.

»Und Mister Pinkert hat eine Bestellung für eines deiner handgemachten Christbaumkugelsets aufgegeben.« Brookes Augen hatten nicht einmal den Hauch des Glanzes, den Nathan trug. »Mehr Arbeit für dich, noch weniger Leben für mich.«

»Ja, aber du hast es ihm doch eingeredet!«, rief Lindsey im Hintergrund.

Brooke rollte mit den Augen. »Weiß nicht, was da mit mir los war.«

Elli schon. Sie registrierte die schmale Spur eines Lächelns, das gegen den genervten Teenie-Ausdruck in

Brookes Gesicht ankämpfte. Da saß der Stolz, auch wenn ihre Tochter ihn nicht zeigen wollte.

Lindsey tauchte im Hintergrund auf. »Mister Pinkert will zwölf Kugeln. Er kommt nächste Woche vorbei, um mit dir die Individualisierung zu besprechen.«

Elli war überwältigt. »Danke! So viel habe ich in der letzten Woche nicht verkauft. Ich liebe euch!«

»Wir lieben dich auch, Mom«, sagte Nathan und warf ihr einen Kuss zu. »Wir rocken das hier.«

»Ja, und wenn's richtig gut läuft«, schob Brooke nach, »darf ich die Schule schmeißen und leite den Laden.«

»Ganz bestimmt nicht!« Ellis Antwort schmetterte vehement durch den Call und sorgte dafür, dass Brooke Nathan aus dem Bildschirm folgte. Das Handy landete mit der Kamera gen Decke auf dem Wohnzimmertisch. Ein genuscheltes »War ja klar« kam noch bei Elli an, dann waren ihre Kinder außer Hörweite.

Dafür erschien Danielles Gesicht vor der Kamera. Sie nahm das Handy in die Hand und setzte sich auf die Couch. »Gepennt oder gefeiert?«, fragte sie mit einem Grinsen auf dem Gesicht. »Ach egal, erzähl es mir nachher. Ich fahre die Kids zur Schule und rufe dich aus dem Büro kurz an. Ich will noch ein Update dazu, wie es dir geht.«

Elli nickte, dann endete der Videocall abrupt. Sie blickte in ihr Spiegelbild auf dem schwarzen Bildschirm. Trotz der erholsamen Nacht trug sie zarte Augenringe. Das Ergebnis ihrer harten Arbeit am Geschäft.

Seufzend erhob sie sich, legte Make-up auf und ging hinunter zum Frühstück.

***

Die Schmalzstube war um diese Uhrzeit wunderbar leer und still. Es roch wie am Vortag nach Kaffee und frischem Bacon. Elli schaufelte sich einen Teller voll mit Rührei, zwei Baconstreifen und einem Bagel, dazu ein Schälchen Peanut-Butter und Marmelade. Ein dampfender Pott Kaffee und ein Glas stilles Wasser komplettierten ihren Gang.

Beim Anblick des Essens grummelte ihr Magen hörbar, denn vom Abendessen am Vortag hatte sie nur dürftig genommen. Sie suchte sich einen Tisch am Rand und setzte sich bewusst mit dem Rücken zu Tür. Sie wollte nicht, dass jemand ihre gute Laune verdarb.

Voller Vorfreude schnitt sie den Bagel auf, als ein Schatten neben ihr auftauchte.

»Guten Morgen.«

Die tiefe Stimme zerstörte ihre Frühstückslaune binnen Sekunden. Ihr Blick hob sich auf Cliff, der mit einem Kaffee vor ihr stand.

»Darf ich mich zu dir setzen?«

»Nein«, erwiderte Elli knapp und nahm eine Gabel voll Rührei.

»Danke«, sagte Cliff und plumpste ihr gegenüber auf einen Stuhl.

»Sag mal, spreche ich undeutlich?«

»Nein.« Er stellte seine Kaffeetasse ab und umschloss sie mit beiden Händen. »Es ist mir wirklich wichtig, Ell.«

»Nenn mich nicht Ell.« Sie stach mit der Gabel in ihr Rührei; vehementer als für einen Hotelgast angemessen wäre.

Cliff zuckte kaum merklich zusammen. »Ich wollte ganz vernünftig mit dir reden, aber das scheint wirklich nicht möglich zu sein.«

»Ist das dein Ernst?« Die Empörung saß in ihrer Kehle, kurz davor, sich als Schrei einen Weg in die Welt zu bahnen. *Bleib ruhig!*, befahl sie sich. »Okay, du hast fünf Minuten.«

»Das mit den Kindern tut mir ehrlich leid.«

»Sag das nicht mir. Weißt du, wie sauer Brooke auf dich ist?«

Cliff wandte den Blick ab und nahm einen Schluck Kaffee. Zu allem Überfluss trällerte *Last Christmas* aus den Lautsprechern der Schmalzstube.

Als er nichts erwiderte, ergänzte Elli: »Und Nathan hat geweint. All die Jahre habe ich immer wieder deine Fahnen hochgehalten, ohne dass du einen Finger dafür krumm gemacht hättest.«

»Das stimmt ja wohl nicht.« Er blickte zu ihr. Das geknirschte Gesicht, in dem zumindest ein Funken Schuld gesessen hatte, machte einer verärgerten Grimasse Platz. »Du ziehst mir das Geld aus der Tasche und beschwerst dich noch.«

»Das mache ich überhaupt nicht. Wenn du schon nicht da bist, ist es das Mindeste, dass du finanziell für deine Kinder sorgst. An Geld mangelt es dir ja nicht.«

»Aber dir offenbar, sonst würdest du nicht ständig fragen.«

»Hör auf!« Ellis Finger krampften sich um die Gabel. Sie legte sie zurück auf den Teller, wo sie in einer kurzen Klangfolge aufschlug. Ihre Hände zitterten. »Hast du eine Ahnung, was die Kinder wirklich brauchen?«

Er trank einen Schluck aus seiner Tasse. »Deswegen bin ich hier. Ich will mich wirklich um sie kümmern.«

Elli entfuhr ein hysterischer Lacher. »Das geht leider nicht, indem du die erstbeste Gelegenheit in den Sand setzt.«

»Willst du sagen, ich bin kein guter Vater?«

»Nein, ich will sagen, du bist gar kein Vater.«

»So siehst du mich also? Wo sind die Zeiten hin, in denen wir uns in den Armen lagen?«

»Das fragst du mich, während du mit Ashley hier bist?«

Er schüttelte den Kopf. »Ich wollte nur sagen, dass es Zeiten gab, in denen wir besser miteinander umgehen konnten.« Seine Stimme wurde weicher. »Du und ich.«

Sie erinnerte sich an ihr erstes Date, die Küsse, die sie ausgetauscht hatten. Es gab doch Zärtlichkeit zwischen ihnen, auch wenn es lange zurücklag.

Ein flehender Ausdruck saß in Cliffs Gesicht. »Gibst du mir noch eine Chance, für die Kinder?«

Obwohl Elli es nicht wollte, legte sich ihre Rage. Der Orkan in ihrem Inneren reduzierte sich auf einen regenreichen Sturm, der sie weichspülte. Sie hasste sich dafür. Ihr Magen wollte das Ei am liebsten wieder hochwürgen, während sie irgendwo zwischen Ärger und Selbstmitleid saß und einer nicht enden wollenden Hoffnung, ihren Kindern den Vater zu ermöglichen, der Cliff nicht war. »Wie viele Chancen hattest du?«

Er antwortete nicht, sondern nahm noch einen Schluck von seinem Kaffee. Seine Mimik hielt den flehenden Ausdruck eisern.

Elli holte tief Luft. »Ich sage dir jetzt eins: Von mir bekommst du keine Bonusrunde, von den Kindern vielleicht. Wenn du wirklich daran interessiert bist, ihnen ein Vater zu sein, dann ruf mich nächste Woche an. Du bist in der Pflicht.«

Cliffs Gesichtsausdruck glättete sich und die überheblichen Grübchen kehrten zurück. Mit einem Nicken stand er auf. »Ich melde mich.« Er wandte sich ab, schaute noch einmal über die Schulter zurück. »Ich gehe heute mit Ashley zu Build-a-Bear einen Teddy für ihren Neffen herstellen.«

»Was willst du mir damit sagen?«

»Sehen wir uns dort?«

Erleichterung huschte durch Ellis Mimik, mit Sicherheit deutlich genug, als dass er es mitbekam. »Nein«, antwortete sie mit möglichst fester Stimme.

Cliff wandte den Blick ab. »Gut. Du siehst übrigens immer noch echt hübsch aus.« Er hob zum Abschied die Hand und marschierte davon; seine leere Kaffeetasse blieb stehen.

Wieder schickte sich ihr Appetit an zu vergehen. Hatte sie sich wirklich auf eine neue Chance eingelassen? Wie dumm war sie? Wäre da nicht die naive Hoffnung, dass für Brooke und Nathan irgendwann eine Vaterbeziehung entstehen könnte, würde sie Cliff in den Wind schießen. Noch immer wütend starrte sie seinen leeren Kaffeepott an, der wie ein Mahnmal auf dem Tisch thronte. Sie presste sich eine Gabel Rührei in den Mund, bevor sie frustriert aufstand und die Tasse entfernte. Danach wechselte sie den Tisch und aß weiter.

Immer wieder schwenkte ihr Blick zu dem vorherigen Platz zurück. Sie konnte nicht sagen, wie sie die lange Zeit mit Cliff hatte zusammenbleiben können. Wie viele Runden hatte sie gedreht und es immer wieder ein oder zwei Jahre mitgemacht, bevor die nächste mehrmonatige Pause kam? Wie sehr hatte sie sich verbogen? Wieso hatte sie nie gesehen, wie er wirklich war? Wie er sie manipulierte? Wie er mit ihren Gefühlen gespielt hatte und ihr das schlechte Gewissen machte, das eigentlich auf seinen Schoß gehörte? Am liebsten hätte sie das Angebot bezüglich der Kinder zurückgezogen, obwohl sie wusste, wie wichtig es vor allem Nathan war.

Schmerzlich wurde ihr klar, dass sie sich genau aus diesem Strudel mit ihrem Keramikgeschäft lösen wollte. Sich ständig gut mit ihm stellen zu müssen, ständig darauf zu hoffen, dass er seine Vaterrolle ernst nahm oder finanzielle Unterstützung bot, raubte ihr die Nerven. Weit mehr als jede arbeitsreiche Nacht. Es laugte sie aus und zermürbte sie.

Vielleicht war New York der perfekte Ort, um sich darüber in Ruhe Gedanken machen zu können. Vielleicht war es sogar ein glücklicher Zufall, Cliff hier getroffen zu haben, damit sie die Trennung endgültig verarbeiten und abschließen konnte.

Mit wachsendem Hunger schob sie einen Baconstreifen in ihren Mund, halbierte einen Bagel und strich Peanut-Butter sowie Marmelade darauf.

Als der letzte Happen in ihrem Magen verschwunden war, ging es ihr besser. Die Vorfreude auf einen Clifffreien Tag stieg. Beschwingt brachte sie ihr Geschirr zur Rückgabe und verließ die Schmalzstube.

***

»Miss Middleton!«, rief ihr Pam in der Lobby zu. »Verzeihen Sie, ich wollte noch einmal nachfragen, ob es bei Ihrer Wahl für heute bleibt?«

»Ja, ich gehe zum Schlittschuhlaufen.«

»Wunderbar. Bitte denken Sie daran, dass wir das Angebot nicht gänzlich kostenfrei anbieten können. Das Ausleihen des Materials ist von den Gästen zu zahlen.«

»Ich bin ausgerüstet. Habe ich es richtig verstanden, dass ich flexibel zwischen zehn und zwölf Uhr dort eintreffen darf?«

»Richtig.« Pam zwinkerte. »Pete fährt um 9:50 Uhr mit der Kutsche in den Park und hätte auf dem Hinweg bestimmt einen Platz frei.«

»Oh, danke. Das ist nett. Ich werde sehen, wie ich es schaffe.« Sie lächelte Pam zu, nahm die Wegbeschreibung für den Fall der Fälle entgegen und ging zum Lift.

In ihrem Zimmer angekommen, griff Elli ihr Telefon und rief Danielle an. Es klingelte keine zwei Mal, da zwitscherte ihre Schwester durch die Leitung: »Wie geht es dir?«

Elli schluckte. »Willst du zuerst den ätzenden Teil oder das von gestern?«

»Wieso? Was ist passiert?«

»Cliff wollte *reden*.«

»Worüber? Will er den Unterhalt nun regelmäßig zahlen oder verkrümelt er sich endlich endgültig?«

»Weder noch.« Elli gab den Inhalt ihres Gespräches knapp wieder. Darauf folgte die übliche, abwertende Reaktion ihrer Schwester. Früher war genau das einer der Gründe gewesen, weshalb sie erst recht an Cliff festgehalten hatte. Sie wollte allen zeigen, dass er anders war. Heute war sie froh über Danielles bissige Sprüche.

Ihre Schwester schlürfte hörbar aus einer Tasse. »Und das von gestern? Hast du jemanden getroffen?«

»Wie kommst du darauf, dass ... ach egal.« Elli hatte keine Ahnung, wie Danielle es schaffte, fast immer die richtigen Vermutungen anzustellen. Vielleicht war das dieses Große-Schwester-Ding, mit dem einen die Natur ausstattete, oder aber eine geheime Gabe oder ein Fluch. Sie atmete tief durch und erzählte die Geschehnisse vom Vortag.

»Du hast was?« Danielles Verwunderung peitschte durch die Leitung.

»Ich habe Panik bekommen.«

»Wovor denn? Dass er dich ins nächste Krankenhaus einweist?«

Elli seufzte. »Ich weiß, ich habe voll übertrieben. Jetzt komme ich mir dämlich vor.«

»Darfst du.«

»Danke.« Sie rang sich ein gequältes Lächeln ab.

Danielles Stimme wurde sanft. »Hey, war nicht so gemeint.«

»Da treffe ich einmal einen Mann«, entgegnete Elli, »der mir nicht das Gefühl gibt, eine Last zu sein, und ich vermassle es bei der ersten Gelegenheit.«

»Wer weiß. Vielleicht seht ihr euch wieder, wenn du dein Stück Kuchen einforderst, oder du rennst ihn einfach ein zweites Mal um.«

»Ganz bestimmt nicht, Dan!«

»Ach Elli! Wie soll das Glück zu dir kommen, wenn du ihm immerzu aus dem Weg springst?«

Eine Antwort fiel ihr schwer. Ihr Herz raste und ihr wurde heiß. Die Vorstellung, Tim noch einmal zu begegnen, machte sie nervös. Sie schluckte. »Wenn es das Schicksal will, werden wir uns noch einmal über den Weg laufen.«

Ihre Schwester seufzte. »Verstehe, ich höre auf. Hast du denn herausgefunden, woher das Bäckershirt und die Mütze kamen?«

»Nein.« Ellis Blick huschte zu den Klamotten auf ihrem Stuhl. »Ich habe überlegt, sie zum Fundbüro zu bringen. Bestimmt hat es jemand versehentlich dort vergessen.«

»Jemand mit dem Namen Elli? Das scheint mir ein großer Zufall.«

»Es wird niemand extra für mich hingehängt haben.«

Danielle kicherte. »Vielleicht war es doch die Haselnuss.«

»Das meinst du nicht ernst?«

»Zumindest hat sie dir Glück gebracht.«

»Ja, aber sie ist nicht magisch. Ich bin nicht Aschenputtel. Auch wenn das in meine romantischen Vorstellungen passen würde.«

»Definitiv! Ich würde es dir von Herzen wünschen, Elli.«

»Danke, Dan. Das weiß ich. Vielleicht ist mein Herz noch nicht bereit.«

Lautes Geschirrklappern drang durch die Telefonleitung. »Ich weiß nicht, wovor du Angst hast, Elli. Nathan meinte gestern Abend, er braucht keinen neuen Papa. Er wünscht sich, dass du glücklich bist.«

»Das bin ich!« Elli erhob sich vom Bett und tigerte durch ihr Hotelzimmer.

»Sicher?«

»Ja.«

Nein. Oder? Sie wusste es nicht. Und ihre Schwester spürte das mit absoluter Sicherheit.

»Wie du meinst«, sagte Danielle nur. Diesmal klapperte eine Tastatur. »Siehst du Cliff heute auch?«

»Ich denke nicht. Noch einen Tag nebeneinander halten wir nicht aus.«

»Was machst du denn?«

»Schlittschuhlaufen.«

Das Lachen am anderen Ende brandete abrupt auf. Schallend grub es sich in Ellis Ohren. »Du?«

»Ja. Mir schien die Wahrscheinlichkeit, dass Cliff daran teilnimmt, sehr gering.«

Danielle japste nach Luft. Noch immer saß ihr das Lachen in der Kehle und sie konnte sich kaum beruhigen. »Das würde ich zu gern sehen.«

»Mach dich nur lustig. Ich habe es mir trotzdem ausgesucht und gestern vor meiner Shoppingtour extra noch Bargeld geholt.« Sie griff nach ihrer Handtasche, wühlte sich bis auf den Grund und fand ... nichts. Noch einmal grub sie sich in alle Ecken.

»Was ist los?«

»Mein Reiseportemonnaie ist weg!« Hektik kroch in ihre Stimme.

»Sicher? Schau noch mal ...«

»Ich bin sicher«, warf Elli dazwischen. Wie angestochen wühlte sie mit den Händen in jede Ecke der Tasche auf der Suche nach dem schmalen Etui, in dem sie ihr Bargeld, die Geldkarte und den Führerschein mit sich trug. »Ich melde mich heute Abend noch mal.« Mit einem Druck auf den roten Hörer verbannte sie Danielle aus der Leitung, warf das Handy aufs Bett und schüttete ihre Tasche auf dem Boden des Zimmers aus.

Nichts. Das Portemonnaie war weg.

Mit zittrigen Fingern durchsuchte sie die Schubladen, suchte unter der Decke, unter der Matratze und sogar hinter den Vorhängen. Es blieb dabei: kein Portemonnaie.

Wie angestochen eilte sie aus ihrem Zimmer hinunter in die Lobby.

Pam war gerade mit anderen Gästen beschäftigt. Unruhig tänzelte Elli am Tresen von einem Bein aufs andere, die Arme ineinander verschränkt, als könnte sie sich daran festhalten. Als sie endlich an der Reihe war, platzten die Worte ohne jede höfliche Begrüßung aus ihr heraus. »Pam, wurde ein rotes Etui an der Rezeption abgegeben? Es hat einen silbernen Druckknopf auf der Vorderseite.«

Pam erkannte offenbar gleich, wie dringend und wichtig es war. »Nein. Daran würde ich mich erinnern. Ich sehe trotzdem nach.« Sie senkte ihr Haupt hinter den Tresen, während sie die infrage kommenden Schubfächer durchwühlte. Kurz darauf schüttelte sie bedauernd den Kopf. »Nein, hier wurde nichts abgegeben.«

Ellis Magen rutschte ein paar Zentimeter tiefer. »Danke. Sollte ein Etui abgegeben werden, informieren Sie mich bitte.«

»Das mache ich. Wenn Sie sonst Hilfe benötigen, melden Sie sich bei mir.«

»Danke, Pam.« Elli wandte sich ab und eilte zurück zum Fahrstuhl. Ihre gute Laune war verschwunden, ganz ohne Cliffs Zutun.

***

»Guten Tag, Middleton mein Name. Ist bei Ihnen im Geschäft zufällig ein rotes Etui mit Geld darin gefunden worden?«

Am anderen Ende raschelte es, bevor sich die männliche Stimme wieder meldete. »Tut mir leid, nein.« Er klang wie jener Mann, der sie gestern mit dem Vorwurf, stehlen zu wollen, aus seinem Laden geschmissen hatte.

Verdammt. Das war Ellis letzte Chance gewesen. »Darf ich Ihnen meine Nummer dalassen, falls es sich doch findet?«

»Tun Sie das.«

Sie gab ihre Nummer durch. »Könnte ich vorbeikommen und persönlich suchen? Mir ist gestern die Tasche bei Ihnen umgefallen und ich wohne noch bis Ende der Woche im *Hazel Inn* ganz in der Nähe.«

Der Herr von der Boutique, in der sie die kurze Hose anprobiert hatte, räusperte sich. »Leider haben wir mittwochs geschlossen. Kommen Sie morgen her.«

»Können Sie keine Ausnahme machen?«, fragte Elli, die sich sicher war, dass der Besitzer vor Ort mit ihr telefonierte.

»Tut mir leid, nein.«

»Danke«, sagte sie und verabschiedete sich. Frustriert warf sie sich auf das Bett und tippte die nächste Nummer in ihr Handy ein. Sie sperrte ihre Geldkarte bei der

Bank. Es folgte eine Onlineanzeige beim hiesigen Police Department, wenngleich dabei vermutlich nichts herumkommen würde. Zudem informierte sie Danielle mit einer Nachricht.

Die Antwort kam innerhalb von Sekunden.

Mist! Das tut mir voll leid! Wenn ich irgendetwas tun kann, melde dich. Fühl dich gedrückt und genieße trotzdem deinen Tag.

Müsste für heute Zeug ausleihen. Geht jetzt nicht mehr. :/

Danielle schreibt … stand für kurze Zeit auf dem Display, dann vibrierte ihr Handy und das Bild einer Haselnuss erschien zusammen mit einem zwinkernden Smiley.

Elli musste lächeln, obwohl ihr nicht danach zumute war. Resigniert atmete sie aus. Sie konnte nur das Beste daraus machen und die Situation akzeptieren. Da sie ohnehin völlig talentfrei im Schlittschuhlaufen war, genügte es vielleicht, vom Rand zuzusehen. Andererseits hatte sie sich darauf gefreut. Wann konnte man schon in dieser Kulisse über Eis laufen und sich wie eine Schneeprinzessin fühlen?

Ihr Blick fiel auf den Haselzweig, den sie in der Hektik auf den Nachtschrank gelegt hatte. Grünbraun glänzten die zwei verbliebenen Nüsse.

Das ist doch Irrsinn!, schoss es ihr durch den Kopf.

Sie stand auf und marschierte ins Badezimmer. Ein Schwall kaltes Wasser verteilte sich auf ihren Wangen und sie musterte sich im Spiegel. »Du bist eine Träumerin, Elli.«

Ihr Spiegelbild antwortete nicht, sondern starrte nur zurück.

Träume sind Schäume, hatte ihr Vater stets gepredigt, und wenn sie dann aufgelöst zu ihrer großen Schwester gelaufen war, hatte Danielle sie in den Arm genommen und geflüstert: *Wer träumt, der lebt. Du musst fest daran glauben.*

Elli schüttelte den Kopf, um die hoffnungsvollen Gedanken abzuschütteln. Doch zurück im Hauptzimmer fiel ihr Blick wie automatisch auf den Haselzweig. Sie schalt sich eine Närrin, aber sie griff danach und drehte ihn in ihrer Hand hin und her.

Nur ein paar Euro oder noch besser: ein paar Schlittschuhe. Kannst du mir helfen?

Sie kam sich dämlich vor, als sie die Haselnuss herausbrach, doch die naive Hoffnung hatte sich festgeklebt und wollte sie nicht mehr loslassen. Im schlimmsten Fall passierte immerhin nichts. Also was schadete ein zweiter Versuch?

Sie flüsterte den Wunsch noch einmal in die Nuss hinein, dann ließ sie sie aus ihrer Hand über die Finger rollen. Die Nuss fiel zu Boden und kullerte zum Kleiderschrank hinüber. Darunter blieb sie liegen.

Elli fischte sie auf den Knien hervor und begutachtete den Riss, der sich über die Hülle zog. Ein roter Faden steckte darin fest.

Vorsichtig zog sie ihn heraus und öffnete die Nuss mit steigender Aufregung.

Im Inneren war ... nichts. Nicht einmal die braune Frucht.

Genervt von ihrem naiven Glauben erhob sie sich. Dabei stieß sie mit der Schulter unsanft gegen den Griff des Kleiderschranks. Der Schmerz zuckte durch ihren Oberarm und der Schrank wackelte. Es folgte ein Rumpeln, als würde ein Brett darin zu Boden stürzen.

Elli ohrfeigte sich innerlich für ihr ungeschicktes Verhalten. Wie viel Pech konnte man eigentlich anziehen? Nun war sie für einen kaputten Schrank verantwortlich.

Zaghaft öffnete sie die Tür, um sich den Schaden anzusehen. Darin lag kein verrutschtes oder kaputtes Brett, sondern Schuhe, die in dem untersten Fach vermutlich umgefallen und vor zum Rand gerutscht waren. Die musste jemand vergessen haben!

Elli griff zu. Die Schuhe waren ungewohnt schwer und an ihnen hing außerdem ein Stoffbündel, das mit einer Schleife verschnürt war.

Erschrocken stieß sie ein Kreischen aus, als sie kurz darauf ein Paar Schlittschuhe in Händen hielt. Überrascht von der eigenen Lautstärke schlug sie eine Hand vor den Mund.

Crèmeweißes Leder saß auf silbern glänzenden Kufen und rote Schnürsenkel säumten die Vorderseite. Daneben lag ein Bündel Kleidung. Als Elli es entrollte, kamen eine crèmefarbene Leggings und eine dunkelrote kurze Hose – fast wie die aus der Boutique – aus fester Wolle zum Vorschein sowie ein weißer Rollkragenpullover. Dazu ein dunkelroter Loopschal.

Ihr Blick huschte durch das Zimmer, hinauf in jede Ecke. Ob es hier Kameras gab und sie in einer Art Überraschungsshow feststeckte?

Sie legte das Bündel zur Seite und inspizierte das unterste Fach noch einmal. Es war leer. Mit den Fingern strich sie über Schränke und Oberflächen, inspizierte jeden Zentimeter der Wand, auch im Badezimmer. Selbst den schwenkbaren Spiegel fuhr sie aus. Dahinter war ebenso nichts zu finden wie überall sonst in ihrem Zimmer.

Vorsichtig hob sie die Kleidung an und untersuchte sie auf Namensschilder oder Hotel-Einnäher. Weder noch. Auch ein Preisschild war nicht zu sehen. Ob derjenige, der das Zimmer vor ihr bewohnt hatte, einen Teil seines Gepäcks vergessen hatte? Aber wäre das nicht jemandem aufgefallen?

Ein hysterischer Lacher entfuhr ihr. Dann schlüpfte sie in die Leggins und die Hose hinein. Beides saß wie maßgeschneidert auf ihrer Haut, war leicht, trotzdem spürbar wärmend, bequem und stylish. Was das wohl gekostet hatte? Auf jeden Fall mehr, als sie sich üblicherweise leistete.

Als Nächstes griff sie nach den Schlittschuhen, zog sie oben auseinander, um besser hineinzukommen, und hielt verwundert inne. Mit dem Finger strich sie über die Innenseite des Leders. Jemand hatte in einer ihr unbekannten Handschrift in zarten, schwarzen Lettern den Buchstaben *E* darauf geschrieben. E wie … unmöglich!

Erneut suchte sie den Raum nach versteckten Kameras ab. Zuerst mit den Augen, dann ging sie noch einmal in jede Ecke. Alles wirkte unauffällig, selbst unter dem Bett.

Da kam ihr eine Idee. Ob Danielle das Ganze zusammen mit dem Hotel inszeniert hatte, um ihr ein paar unvergessliche Tage zu bescheren? Allerdings passte dieser Aufwand nicht zu ihrer Schwester. Außerdem konnte sie nicht wissen, für welche Angebote Elli sich entscheiden würde. Nur wie sollte all das sonst passiert sein? Magie gab es nicht. Oder doch?

Ihr Blick fiel auf die leere Haselnusshülle.

Nein!

Das war idiotisch. Bestimmt gab es irgendeine logische Erklärung dafür. Sie beschloss, später weiter darüber nachzudenken und das Beste daraus zu machen – wie immer. Also nahm sie die Schlittschuhe zur Hand und schlüpfte probehalber hinein.

Sie passten wie angegossen. Was sonst? Wieder entfuhr ihr ein Kichern, das an Hysterie grenzte. War so viel Glück auf einmal noch normal? War sie nicht eigentlich vom Pech verfolgt? Und was für ein Pech musste folgen, wenn das Glück es derart gut mit ihr meinte?

Egal. Darüber konnte sie sich später Gedanken machen. Ein Blick auf die Uhr zeigte ihr 9:45 Uhr. Perfekt! Sie behielt die Kleidung an, zog ihre Stiefel über, nahm die Jacke und wickelte den Schal um ihren Hals. Dick eingepackt, mit den Schlittschuhen über der Schulter und ihrem Handy in der Tasche verließ sie das Zimmer.

Kapitel 5

Hibbelig stand sie im Fahrstuhl, der ausgerechnet heute in jeder Etage hielt, um Menschen einzuladen oder auszuspucken. Sie warf einen Blick auf ihre Armbanduhr und trat unruhig von einem Bein auf das andere. Um 9:51 Uhr ploppte endlich die Fahrstuhltür in der Lobby auf. Sie hörte fernes Hufklappern von außerhalb und eilte, die Schlittschuhe über der Schulter baumelnd, nach draußen.

»Moment!«, rief sie der Kutsche hinterher und setzte im Laufschritt nach, was mit den Schlittschuhen in den Händen schwieriger war als gedacht. Ihr Atem pumpte eiskalte Luft in ihre Lungen und von dort Wölkchen wieder nach draußen.

Sie hatte keine Chance. Pete bog bereits zwei Querstraßen weiter um die Ecke.

Schwer atmend blieb Elli stehen. Die kalte Luft stach in ihren Lungen. Das Winterflair hatte über Nacht heftig zugeschlagen. Zwar nicht mit Neuschnee, dafür mit beißender Kälte. Ein U-Bahnticket konnte sie sich aktuell nicht kaufen, also blieb nur der Weg zu Fuß.

Entschlossen schob sie den Schal bis über die Nase, zückte die Wegbeschreibung und spazierte los. Der Weg war mit vierzig Minuten Laufweg nicht der kürzeste. Das Gewicht der Schlittschuhe lag auf ihren

Schultern. Allerdings weniger als Last oder Bürde, sondern vielmehr wie eine Chance auf ein Abenteuer.

Ihre Spiegelung in einem der Schaufenster überraschte sie. Sie wirkte wie eine selbstbewusste junge Frau. Die eng anliegenden Leggings schmeichelten ihren schmalen Beinen und die Hose setzte ihren Po gut in Szene. Sie sollte sich öfter trauen, gewagte Outfits zu tragen. Ihre Figur ließ das zu, ihr Selbstbewusstsein sonst selten, weshalb sie im Laden oft nach locker fallenden Klamotten griff.

Im nächsten Schaufenster betrachtete sie sich erneut von allen Seiten, bis sie die fragenden Blicke einiger Passanten bemerkte. Peinlich berührt eilte sie weiter, lächelte aber unter ihrem Schal. Sie war wie Aschenputtel in *O Popelce*. Nicht mit Kleid auf dem Weg in die Kirche, dafür mit Schlittschuhen auf dem Weg zu einem See vor zauberhafter Kulisse.

Sie sog die Atmosphäre New Yorks in sich auf. Diese Großstadt war so anders als das County, aus dem sie kam. Überall eilten Massen an Menschen umher. Wie in einem Ameisenhaufen herrschte einerseits ein heilloses Durcheinander und andererseits ein organisiertes Treiben, in dem jeder seine Laufwege und Aufgaben kannte. Dazu erwachten die Läden um Elli zum Leben, das Hupkonzert zeugte davon, wie lebendig die Stadt war, und die Kälte zauberte Blumen auf das ein oder andere Fenster.

Ihre Laune besserte sich mit jedem Schritt. Sie dankte Pams Plan, der sie sicher durch den Central Park führte bis zu dem künstlich angelegten Gewässer, das ein paar Slots extra für die Gäste des Hotels reserviert hatte. Mit

Blick auf die große Eisfläche wäre das vermutlich nicht nötig gewesen.

Nur wenige Menschen drehten früh am Morgen und mitten in der Woche ihre Runden vor der Kulisse aus vereisten Wiesen, mit Frost beschichteten Bäumen und der Skyline, die im Hintergrund wie ein Gebirge über die Baumspitzen hinweg wuchs. Über den Platz schallte Radio-Weihnachtsmusik.

Beschwingt trat sie an die kleine Hütte heran, die die Eisfläche säumte, und zeigte ihren Gutschein durch das Fenster.

Der Mann, der oben herum wie eine Zwiebel in Pullis und Jacken gehüllt war, lächelte ihr freundlich zu. »Willkommen am Wollman Rink. Wie ich sehe, haben Sie Ihre Ausrüstung dabei.«

»Ja, ich hoffe, das ist in Ordnung.«

»Natürlich.« Er drückte ihr einen Stempel auf die Handfläche. »Das gilt als Eintrittskarte für den heutigen Tag. Viel Spaß.«

»Danke.« Elli trat durch den Zaun auf das Gelände. Ihre Stiefel verstaute sie in einem Schließfach und steckte den Schlüssel tief in ihre Hosentasche. Sicher war sicher. Dann schlüpfte sie in die Schlittschuhe hinein. Der Tragekomfort war so hoch, dass sie fast glaubte, damit von allein fahren zu können.

Kurze Zeit später wurde sie eines Besseren belehrt. Kaum setzte sie die erste Kufe auf das Eis, zog es ihr die Füße weg.

Sie krallte sich in die Bande der Eisbahn und stabilisierte ihren Stand. Als sie sich wieder sicheren Fußes fühlte, nahm sie neuen Anlauf und betrat die Eisfläche vorsichtiger. Zaghaft setzte sie einen Schritt vor den anderen und stieß sich ab. Es gelang ihr, sich zwischen den bereits Anwesenden einzuordnen, immer in Randnähe – vorsichtshalber.

Mit jeder Runde gewann sie mehr Zuversicht. Irgendwann gelang es ihr, vereinzelt den Blick auf die atemberaubende Kulisse zu heben. Sie wurde sicherer und glitt schneller über die Fläche. Unter ihr zogen die Kufen über das Eis und hinterließen feine Linien darauf. Sie genoss, dass kaum Menschen hier waren, wurde selbstsicherer und mutiger.

Ihr war danach, eine Pirouette zu drehen oder einen kühnen Sprung hinzulegen, auch wenn sie absolut unbegabt war und sich dabei mit Sicherheit Knochen brechen würde. Ihr Kopf spielte das Szenario durch. Sie sah sich springen, im Kreis drehen und die Blicke der Menschen auf sich ruhen, während sie in der Realität weiter wackelige Runden drehte.

Beschwingt steigerte sie das Tempo und ließ sich über das Eis gleiten. Sie öffnete die Arme, spürte die kalte Luft auf ihren Wangen, den Fahrtwind im Haar. Rasch zog sie den Schal wieder bis über die Nase und glitt auf den Kufen, bis sie fast stehen blieb. Kühn schwang sie um die eigene Achse und rutschte rückwärts ein paar Meter weiter.

Da fuhr sie in jemanden hinein. Das Eis kam ihr entgegen und schon prallten Knie und Hände auf die eisige Fläche. Schmerzhaft zuckte die Kälte in ihre Handflächen.

»Entschuldigung!«, rief sie und schob sich wackelig von den Knien auf den Po.

Als sie sah, wen sie umgefahren hatte, beschleunigte sich ihr Herzschlag, ohne dass sie es verhindern konnte. Ihr Magen rutschte bis in die Kniekehlen und sie prüfte verlegen, ob ihr Schal wirklich weit genug über der Nase saß, damit man ihr Gesicht nicht erkannte.

»Alles in Ordnung? Tut mir leid, ich habe Sie nicht kommen sehen.« Tim streckte ihr die Hand entgegen.

»Meine Schuld«, nuschelte sie und griff nach seinen Fingern. Sein Griff war ungebrochen weich und doch voller Kraft.

Als sie ihm gegenüberstand, ließ er nicht los. »Kennen wir uns?« Tims Lider schoben sich zusammen und er musterte sie eingehend.

Elli wollte Nein sagen, hatte aber Angst, dass er ihre Stimme wiedererkennen würde.

»Natürlich kennen wir uns!«, rief er schließlich freudig aus. »Diese Augen würde ich überall wiedererkennen.«

Noch immer lag ihre Hand in der von Tim. Sie war angenehm warm, und obwohl sie ihre gern wegziehen würde, hinderte sie ein innerer Impuls daran.

Schließlich war es Tim, der seine Hand zurückzog. »Sie waren gestern in meinem Backkurs und haben diese wunderbaren Marzipanhaselnüsse modelliert.«

Und nun?

***

Nachdem sie Tim eine gefühlte Ewigkeit angestarrt hatte, entschied sie sich für ein Nicken.

Das entlockte Tim ein breites Strahlen. »Habe ich es doch gewusst. Wie wunderbar! Ich schulde Ihnen nämlich noch ein Stück Kuchen.« Er zwinkerte. »Dann können wir das heute ja nachholen.« Er breitete die Arme einladend aus und fuhr ein Stück rückwärts. Zwei Meter weiter verlor er die Balance und landete unsanft auf seinem Po.

Elli lachte herzhaft los und fuhr ein paar Schritte auf ihn zu. Diesmal war sie es, die ihre Hand ausstreckte und ihm aufhalf.

»Danke«, sagte er und kratzte sich verlegen am Kopf. Es war eine entzückend sympathische Geste. Sie hatte das bereits am Vortag gemocht, und er schien überhaupt nicht pikiert zu sein, dass sie gestern davongerannt war.

»Wollen wir ein Stück zusammenfahren?« Er streckte die Hand nach ihr aus.

Elli legte ihre hinein und begann, mit ihm gemeinsam eine Runde zu drehen. Schnell stellte sich heraus, dass er ähnlich unbegabt war wie sie. Zehn Minuten später hatte er das Eis fünf Mal aus nächster Nähe gesehen.

»Wollen wir eine Pause einlegen?«, fragte sie.

Ein beschämtes Lächeln trat auf seine Lippen. »Das wäre wirklich nett.«

Tim fuhr vor ihr zum Ausgang der Eisbahn und stakste auf seinen Kufen zu einem Tisch. Der Freisitz war mittlerweile gut gefüllt und nur eine Handvoll Tische günstig gelegen für ein Gespräch in ruhiger Atmosphäre.

Zielsicher steuerte Tim einen davon an. Er lag im Schatten einiger hochgewachsener Bäume, die ihre ausladenden Äste in die Breite reckten. Tim setzte sich auf die eine Seite, Elli wählte einen Platz ihm gegenüber. Sein offenes Lächeln wirkte ansteckend.

»Wie wäre es mit einem Du zwischen uns?«

»Gern.« Sie schob die Hände zwischen ihre Beine, um sie zu wärmen.

»Ich hoffe, es ist dir nicht unangenehm, dass ich hier bin.«

»Nein. Was treibst du denn hier?«

»Ich habe meine tägliche Lieferung hergebracht und wollte eine Runde übers Eis drehen. Mittwochs ist der Laden gut versorgt; da gönne ich mir das manchmal.«

»Und dann pralle ich in dich hinein.«

»Oder ich in dich. Ich hatte die Augen nur auf der Eisbahn.«

»Scheint sich zu einem Running Gag zu entwickeln.«

Er lachte über ihre Worte. »Gut möglich. Ich bin manchmal echt tollpatschig und brocke mir damit regelmäßig Ärger ein. Einmal wollte mich deswegen jemand verprügeln. Bei dir ist das anders. Du warst gestern so verständnisvoll, dass mir der Dank besonders am Herzen liegt. Ich freue mich, dass ich noch eine Chance bekomme.«

Wärme breitete sich in Ellis Brust aus. »Das ist sehr nett von dir, aber wirklich nicht nötig. Du hast ja gesehen: Ich bin nicht besser in puncto Tollpatschigkeit.«

»Du machst dabei allerdings im Gegensatz zu mir eine echt gute Figur.«

Schamesröte stieg auf Ellis Wangen. »Ähm, danke.«

»Wie wäre es mit einem Kaffee?«

»Gern, leider habe ich kein Geld dabei.«

»Nicht schlimm, ich lade dich ein. Bin gleich zurück.«
Er erhob sich, stieß mit dem Oberschenkel gegen die
Tischecke und verzog das Gesicht vor Schmerzen.

Elli kicherte und bekam sofort ein schlechtes Gewissen. »Entschuldige. Geht's?«

»Ja«, sagte er und humpelte auf theatralisch überzogene Weise zum Tresen.

Sie ließ den Blick durch den Park schweifen, während
Tim orderte. Die Sonne stand mittlerweile hoch am Horizont und wärmte ihre Wangen. Der Frost hatte sich
an den sonnenbefleckten Stellen zurückgezogen. Ihr
Tisch jedoch war als einer der letzten noch überzogen
mit dem eisigen Reif, denn die Sonne rückte nur langsam vor. Die Stellen, die sie erreichte, glitzerten.

Tim kehrte mit zwei dampfenden Bechern und zwei
Sitzkissen zurück, wovon Elli eines dankend unter ihren Po schob.

»Gehst du oft Eislaufen?«, fragte sie, als er ihr wieder
gegenübersaß.

Seine Finger schlossen sich um den warmen Kaffeebecher. »In der Regel bin ich nur zum Ausliefern hier.
An manchen Tagen erwische ich mich aber bei einem
Anflug von Mut und probiere es. Leider werde ich nicht
wirklich besser. Und du? Wie gefällt dir New York?«

»Es ist völlig anders als das, was ich üblicherweise zu
Gesicht bekomme.«

»Was bekommst du denn zu Gesicht?«

»Wälder, Wiesen und Häuser, die selten höher als
zwei Etagen sind.«

»Das ist ein harter Kontrast.«

»Allerdings.« Elli schlürfte von ihrem Kaffee.

Tim musterte sie eingehend. »Was machst du auf dem Land, wenn ich fragen darf?«

Sie schluckte. »Ich führe ein kleines Geschäft.«

»Wie wunderbar. Dann haben wir eine Sache gemeinsam.«

Sein Lächeln wärmte ihr Herz genauso sehr wie der Kaffee ihren Bauch. Ein zartes Flattern lief durch ihren Magen. Eines, das sie seit Ewigkeiten nicht mehr gespürt hatte.

Sie atmete tief durch und wandte den Blick auf die Skyline. »Im Gegensatz zu dir stehe ich noch ganz am Anfang. Mein Geschäft spricht sich erst langsam herum. Es gab Monate, in denen ich nicht sicher war, ob ich das wirklich weitermachen will.«

»Sicherlich hast du jemanden an deiner Seite, der dich unterstützt.«

»Meine Familie«, antwortete Elli, hielt den Blick aber weiterhin in die Umgebung gerichtet. »Insbesondere meine Schwester. Sie hat immer an meine Träume geglaubt.«

»Und du?«

Sie sah wieder zu ihm und schüttelte den Kopf. »Nicht immer.«

»Verstehe.« Er nickte und legte seine von der Tasse gewärmte Handfläche auf die von Reif überzogene Holzoberfläche des Tisches. »Das kenne ich auch, aber mein Vater hat immer zu mir gesagt: Junge, du kannst jammern und jammern oder einfach hartnäckig dranbleiben. Tja, und irgendwann ...«, er drückte die Hand noch stärker auf das Holz, sodass die Frostschicht der Wärme seiner Haut weichen musste, »... findest du das Glück.« Als er die Hand hob, kam ein Kleeblatt zum

Vorschein, das irgendjemand in die Tischfläche geritzt hatte.

»Ich wünschte«, entgegnete Elli, »so einen Vater hätte ich auch gehabt.«

»Familie kann man sich nicht aussuchen.« Sein Blick verlor sich über der Eisfläche.

»Wie wahr.« Sie seufzte und trank ihren mittlerweile kalten Kaffee auf Ex. »Und nun?«

»Ich schulde dir immer noch ein Stück Kuchen. Wie wäre es mit jetzt?«

»Sofort?« Ellis Herz raste. War das eine gute Idee? »Kennst du eine Location, die eine tolle Aussicht über New York bietet?«

Tim versank kurze Zeit in nachdenkliches Schweigen und schaute konzentriert in den Himmel, als stünde dort die Antwort geschrieben. Dann erhellte sich sein Gesicht. »Ich kenne den perfekten Ort. Allerdings gibt es dort keinen Kuchen, eher einen Happen zum Mittag.«

Elli verzog ihr Gesicht. »Ich habe überhaupt kein Geld dabei.«

»Nicht schlimm. Du bist eingeladen.«

»Das kann ich nicht annehmen, Tim. Außerdem musst du bestimmt arbeiten.«

»Nein, heute ist doch Mittwoch.« Er zwinkerte. »Möchtest du das Glück davonziehen lassen oder mitkommen?«

Ein Lachen entfuhr ihr. Es klang wie das Glucksen eines Kindes, das einen Scherz zum ersten Mal gehört hatte.

Meinte er das ernst?

Offenbar ja, denn Tim stand auf, trat ein paar Schritte vom Tisch weg und sah erwartungsvoll über die Schulter zu ihr.

Okay, er meinte es ernst. Aber wollte sie das wirklich? Ihre Gedanken rasten für ein paar Herzschläge in ihrem Kopf um die Wette, dann gab sie sich einen Ruck und ging mit ihm.

***

Neben Tim spazierte sie durch den Central Park. Die Schlittschuhe baumelten über ihrer Schulter, den Schal hatte sie wieder bis über ihre Nase gezogen.

»Sag mal«, fragte Tim mit einem Seitenblick, »du bist für jede Eventualität vorbereitet, oder? Bäckerklamotten, Schlittschuhe. Hast du das alles mit nach New York geschleppt?«

Elli ging weiter, ohne ihn anzusehen. Was sollte sie darauf antworten? *Die habe ich zufällig bekommen? Vielleicht waren es auch die Haselnüsse?* Ihr Kopf überschlug sich auf der Suche nach einer glaubhaften Antwort, fand jedoch keine. »Das Schicksal hat es gut mit mir gemeint.«

Im Augenwinkel sah sie, wie Tim die Stirn runzelte. »So etwas sagen Menschen, die geklaut haben.«

»Nein«, stieß Elli aus und suchte verkrampft nach einer besseren Erklärung. »Das Hotel hat mich ausgestattet.«

»Wirklich? Das wäre mir neu.«

»Woher willst du das wissen?«

Er schob die Hände in die Taschen. »Zufällig kenne ich die Besitzerin.«

»Ach ja?« Ellis Finger schwitzten trotz der Kälte.

»Ja, Pam. Sie ist die gute Seele des Hauses.«

»Ihr gehört das *Hazel Inn*?« Elli war ehrlich überrascht. Die ältere Dame sah nicht nach einer Businessfrau aus. Allerdings wirkte auch das Hotel nicht danach.

»Sieht man das nicht an dem Herzblut, mit dem das Hotel geführt wird?«

Hatte er etwa ihre Gedanken gelesen? Elli entspannte sich und schmunzelte. »Ja, das sieht man.«

»Und die Schlittschuhe?«

Wieder galoppierten Ellis Gedanken davon. Sie entschied sich für eine Ausrede. »Du hast mich erwischt. Ich habe sie tatsächlich mitgebracht. Ich bin gern vorbereitet, aber es war mir peinlich, das zu sagen.«

Tim lächelte. »Muss es nicht sein. Danke, dass du ehrlich zu mir warst.«

Elli zog das Kinn in den Schal, damit er nicht sah, wie sich ihr Mund vor Scham verzog. *Ehrlich!* Aber wenn er die Erklärung schluckte, war ihr das lieber, als wenn er sie für verrückt hielt.

Nach einem gemütlichen Fußweg, auf dem sie erfuhr, dass Tim früher in einer Kleinstadt gewohnt und als Kind nahezu täglich im Diner des Ortes einen Happen zu Essen von der Besitzerin erschmeichelt hatte, standen sie vor einem Vierziggeschosser am Rande des Central Parks.

»Sie hat die Liebe für das Essen in mir geweckt«, beendete er seine Geschichte und trat durch ein golden gestrichenes Tor in einen prunkvollen Innenhof.

Elli fühlte sich völlig deplatziert zwischen den Portiers und roten Teppichen, die zu einem Society Club und einem Hotel führten. Mit Sicherheit lagen die Zimmerpreise in Höhen, die für Elli unerschwinglich waren.

»Was machen wir hier?«, flüsterte sie Tim zu.

Er hakte sich bei ihr unter und schritt zielstrebig auf das Hotel zu. »Selbstbewusst nach vorn schauen«, raunte er und zog sie in der Umklammerung mit sich.

Dem Portier warf er ein Nicken zu, der im Gegenzug grüßte und die Tür aufhielt.

Drinnen setzte Tim seinen zielstrebigen Schritt fort. Erst am Fahrstuhl hielt er an und wählte Etage zwanzig.

Unsicher blickte Elli sich um. »Und nun?«

»Besuchen wir einen alten Freund.«

***

Als sich die Fahrstuhltür wenig später vor ihnen öffnete, machte sie den Blick frei auf ein Restaurant, das mit jedem Quadratmeter das Wort *teuer* ausschrie.

Die Eingangstür zierte Goldstuck. Der Marmorboden zog sich über die gesamte Etage und dazu an den Wänden in angedeuteten Säulen bis zur Decke hinauf. Dazwischen füllten Fresken die Wände, die griechische Motive abbildeten und an der Decke in einen mit Wolken bemalten, strahlend blauen Himmel übergingen. Hier saß der Gast wie im Freien. Das Weihnachtsfeeling wich dem eines Sommerurlaubs.

Elli fühlte sich wie in einem Museum. Zu gern hätte sie die Wände angefasst und wäre von Fresko zu Fresko gelaufen.

Auf den Tischen drapierten Kellner gerade Teller und

Besteck. Einer von ihnen sah sie und zog die Brauen zusammen.

Jetzt kam der Rauswurf, ganz bestimmt.

Tims Blick glitt durch den Raum. Den Kellner ignorierte er, bis er fand, wonach er gesucht hatte. Elli fühlte sich unwohl unter dem kritischen Blick des Heraneilenden.

Tim hakte sich wieder bei ihr unter. Er reckte den Arm in die Höhe und winkte einem dunkelhäutigen Kellner zu, der eben mit einer Ladung Stoffservietten aus einer unscheinbaren Seitentür in das Restaurant trat.

Der Kellner mit dem finsteren Blick hielt inne, wartete ab, was nun passieren würde, während Elli am liebsten im Boden versunken wäre.

Als Tims herbei gewunkenes Ziel sie entdeckte, legte dieser die Servietten auf den nächstbesten Tisch und kam zu ihnen. Seine Arme öffneten sich in einer einladenden Geste und er schlang Tim in eine feste Umarmung.

»Timothy!« Der französische Akzent verpasste Tims Namen eine ungewöhnliche Eleganz. Seine dunkelbraunen Augen musterten Elli, dann wieder Tim, dann wieder Elli. Die weiße Kleidung und seine dunkle Hautfarbe bildeten einen stechenden Kontrast, das Schild auf der Brust zeichnete ihn als Mr. Dubois und *Chef de Rang* aus.

»Hi«, sagte Elli, bekam die Worte aber kaum heraus. Es war mehr ein Hauchen, an dem sie sich fast verschluckte. Immerhin verzog sich der Kellner mit dem finsteren Blick wieder in den Hintergrund.

Der *Chef de Rang* Mr. Dubois schüttelte ihre Hand zur
Begrüßung. »Willkommen. Wen 'ast du mitgebracht,
Timothy?«

»Hör auf zu näseln«, antwortete Tim und boxte dem
Chef de Rang freundschaftlich in die Schulter. »Du ver-
schreckst sie noch.«

Der französische Akzent wich und machte einem
New Yorker Slang Platz. »Wie du meinst. Dafür kommt
das vornehme Flair hier im Restaurant gut an.«

»Führ gern deine Kunden an der Nase herum, Preston, aber nicht mich.«

»Hey, immerhin zahlen sie für die Vornehmlichkeit.
Aber egal. Schön, dass du dich blicken lässt. Was treibst
du dieser Tage?«

Tim winkte ab. »Hab immer noch meinen Laden; genau wie letzte Woche.«

»Keine Expansion?«

»Es ist nicht jeder so karriere- und geldversessen wie
du.« Tim zwinkerte Elli zu und legte einen Arm um den
Chef de Rang. »Das ist Preston. Wir waren zusammen
in der Ausbildung, und jetzt legt er hier eine steile Kar-
riere hin.« Tim klopfte auf das Schild, das Preston auf
seiner Brust trug, womit Elli nichts anfangen konnte.
Chef de Rang klang wichtig, nur *wie* wichtig blieb ihr
ein Rätsel.

»Von nichts kommt nichts. Aber wem erzähle ich das.
Was darf ich euch Gutes tun?«

Tim deutete eine Treppe hinauf. »Hast du eine Aussicht und einen kleinen Gruß aus der Küche für uns?«

»Für dich immer, mein Freund. Macht es euch gemütlich. Aber in einer Stunde müsst ihr raus sein.«

»Versprochen«, sagte Tim und zog Elli mit sich.

Sie gingen Stufen hinauf, die bestens in einen Ballsaal gepasst hätten. Marmoriert und mit einem eleganten Geländer versehen. Am oberen Ende lag ein Absatz, der in einer breiten Fensterfront endete. Dahinter erstreckte sich eine Dachterrasse oberhalb der Baumwipfel des Central Parks. Die Kronen breiteten sich wie ein See vor ihren Augen aus, umgeben von den mittlerweile bekannten Gebäudesilhouetten, und die Mittagssonne glitzerte in den umliegenden Glasfassaden. Hier oben war nicht einmal mehr der Lärm der Großstadt zu hören.

»Ich hätte nicht erwartet, solch einen Ausblick zu finden«, gestand sie staunend, neben Tim an das Geländer der Terrasse gelehnt.

»Manche Schönheiten liegen gut versteckt.«

Elli musste lachen beim Anblick seiner Teenager-Grimasse. »Du klingst wie ein billiger Typ am Tresen, der mich abschleppen will.«

»So war es nicht gemeint.« Augenblicklich verschwand der Schalk aus seinem Gesicht.

Das tat Elli leid, trotzdem wollte sie sichergehen. Zu oft war sie verletzt worden. »Entschuldige, dass ich das frage, aber mit wie vielen Frauen hast du das hier bereits gemacht?« Sie deutete auf die Terrasse und gab sich Mühe, jede Regung in seinem Gesicht zu lesen.

Die Grübchen in seinen Mundwinkeln zuckten, die Lachfalten um die Augen verschwanden und eine Schwere legte sich in seinen Blick, die sie nicht deuten konnte, ihr schlechtes Gewissen aber noch vertiefte.

»Erst mit einer«, antwortete er leise, »und das ist lange her.« Er fuhr sich durch die Haare und rang sich sichtlich ein Lächeln ab. »Das ist Vergangenheit. Was sagst du zu dem Ausblick?«

»Wunderbar. New York hat so viele verschiedene Seiten an sich, dass mir fast schwindelig wird.«

»Ich liebe diese Stadt.«

Der Satz kam von Herzen. Elli spürte es. Der sehnsüchtig-vernarrte Ausdruck, mit dem Tim das Panorama betrachtete, war ansteckend.

»Danke«, flüsterte sie und rückte ein paar Zentimeter näher an ihn heran.

Seine Hand umfasste das Geländer, ganz nah an ihrer. Ihre Finger streiften sich marginal, was Ellis Magen in den freien Fall beförderte. Tim hatte eine weiche Seite an sich, die ihr Herz berührte und zum Leben erweckte, die es hungrig machte.

Da klingelte jemand hinter ihnen und riss Elli aus dem Moment heraus. »Der Gruß aus der Küche ist eingetroffen.«

***

Preston persönlich stellte ihnen eine Schale mit frischem Brot, Aufstriche und eine Antipasti-Platte auf einen Tisch am Rand der Terrasse. Mit einer bühnenreifen Verbeugung zog er sich wieder zurück.

»Wow, das sieht gut aus«, sagte Elli, als sie Tim gegenüber Platz nahm und nach der Decke über der Stuhllehne griff. Sie legte sie über ihre Beine und betrachtete das üppige Mahl.

Saftige Scheiben von Tomaten, Auberginen und Zucchini in einer Marinade aus Öl und frischen Kräutern strahlten ihr entgegen. Daneben standen gewürfelter

Fetakäse und vier weitere Schälchen mit Pasten, die sie auf die Schnelle nicht identifizieren konnte.

Die Sonne wärmte ihre Wangen, sodass es im Freien gerade noch aushaltbar war. Aus einem Kännchen Tee dampfte es und beim Anblick des Essens lief ihr das Wasser im Mund zusammen.

»Was kostet das denn?«

»Heute gar nichts«, sagte Tim, spießte eine Auberginenscheibe auf und führte sie zum Mund. Das Stück entpuppte sich als zu groß und schwer, rutschte ab und platschte mit der Breitseite auf den Tisch. Unbeholfen schnappte er eine Serviette und wischte den Ölfleck auf dem Tisch auf, was nur unzureichend gelang. Ein schmieriger Film zog sich über das dunkle Glas in Richtung Tischdecke.

»Ich kann mir überhaupt nicht vorstellen, dass ihr dieselbe Ausbildung besucht habt«, sagte Elli und schob die Tischdecke so weit zur Seite, dass sie außer Gefahr war.

Tim legte seine Serviette auf den Ölfleck und pikte das nächste Gemüse auf seine Gabel. »Das können die wenigsten. Wir kennen uns noch von der Schule. Preston wollte immer der beste Koch New Yorks werden.«

»Und du?« Sie strich weißkörnige Paste auf eine Brotscheibe. Kurz darauf explodierte der Geschmack von Knoblauch und Ziegenkäse in ihrem Mund.

Er schluckte seinen Bissen hinunter. »Ich war völlig planlos und habe aus Mangel an Ideen mitgemacht.«

»Du wolltest Kellner werden?«

Er schüttelte den Kopf. »Eigentlich wollte ich hier als Konditor arbeiten, aber als ich zu Beginn des ersten Lehrjahres ein wichtiges Schaustück zu Bruch gebracht habe, ging es bergab. Mir passierten aus Unsicherheit immer häufiger Fehler. Manchmal bin ich eben ...«

»Tollpatschig?«, beendete Elli den Satz lächelnd.

Tim zuckte mit den Schultern. »Ist eben so. Und du?«

»Ob ich tollpatschig bin?«

»Nein«, er sah ihr in die Augen. »Was hast du für Träume?«

Elli schluckte und blickte in die Ferne über die Wipfel des Parks hinweg. »Früher wollte ich Künstlerin werden. Doch mein Traum hat nie Gehör gefunden.«

»Wie meinst du das?«

Sie seufzte und stocherte mit dem Messer in dem Paprikaaufstrich herum. »Meine Eltern haben stets Wert darauf gelegt, dass ich etwas *Handfestes* lerne.«

»Und? Hast du?«

»BWL und Buchhaltung. Es hat mir keinen Spaß gemacht. Ein paar zermürbende Jahre habe ich in einer kleinen Firma gearbeitet, dann aufgegeben. Das ist einfach nichts für mich.«

»Machst du denn jetzt etwas Kreatives mit deinem Geschäft? Das liegt dir nämlich im Blut!«

Ihre Wangen wurden heiß, als sie das begeisterte Glänzen in Tims Augen sah. Mit einem flauen Gefühl im Magen legte sie die Gabel zur Seite und stand auf. Ein paar Schritte und sie stand am Geländer, wo sie den Blick in die Ferne legen konnte.

»Habe ich etwas Falsches gesagt?« Tim näherte sich zaghaft. Mit geringem Abstand trat er ans Geländer und legte die Arme darauf. Auch sein Blick schweifte in die Ferne. »Falls ja, tut es mir leid.«

»Nein, hast du nicht. Ich arbeite an meinen Träumen, glaub mir. Nur war mir vorher nicht klar, wie viel

Schweiß, Blut und Tränen hineinfließen müssen, bevor es besser wird. Falls es das jemals wird.«

Er nickte. »Das wird es, glaub mir. Ich kenne das und weiß aus eigener Erfahrung, wie hart es ist, für seine Träume zu kämpfen.«

Sie wandte sich ihm zu. »Wie schaffst du das?«

»Was?«

»Weiterzukämpfen?«

Ihre Blicke trafen sich. Seine Augen waren tief und ergreifend. Das Braun darin wiegte sich wie das kahle Kronendach über dem Central Park. Die Linien in der Iris wie die endlosen Wege, auf denen man wandeln konnte.

»Ich bin nicht der Typ, der gern aufgibt, wenn ihm etwas wirklich gefällt.« Er trat einen Schritt näher. Seine Finger legten sich warm auf ihre, schickten erneut ein Kribbeln durch ihren Körper.

Sie erwiderte das Angebot und verschränkte ihre Finger in seinen. »Irgendwann musst du mir verraten, wie du das machst.«

»Ich kann es dir zeigen«, erwiderte er und beugte sich ein Stück näher.

Elli blieb vor lauter Aufregung beinahe die Luft weg, das Herz schlug ihr bis in den Hals. Sie schloss die Augen, ließ sich von dem Moment davontragen, erbebte, als sich seine Lippen liebevoll auf ihre legten. Eine Hand fasste an ihre Hüfte, zog sie näher.

Voller Sehnsucht erwiderte sie den Kuss, schob die Finger noch fester in seine hinein. Sie ließ sich fallen, während tausend Gedanken in ihrem Kopf explodierten und genauso schnell wieder pulverisiert wurden von den Gefühlen, die durch ihren Körper tobten.

Als sie sich von ihm löste, ging ihr Atem schnell und flach. Aufgeregt pumpte ihr Herz und ließ ihre Finger vor Glück zitternd zurück. In seinen Augen sah sie die gleiche Lust auf mehr, wie sie tief in sich spürte.

»Du bist bezaubernd«, hauchte er. Wieder rückte er näher, die Lippen leicht geöffnet, zart und rosig, die Hand noch immer auf ihrer Hüfte. »Wie kann man nur so sch...«

Ein scheppernder Klingelton überlagerte Tims Worte. Die Romantik verflog binnen eines Augenaufschlages. Umständlich fischte er sein Handy aus der Hosentasche. Mit dem Blick auf das Display zogen sich Falten auf seine Stirn.

Er drehte sich weg und nahm den Anruf entgegen. »Was ist los?«

Elli wandte sich wieder dem Ausblick zu, damit er in Ruhe telefonieren konnte.

Tim entfernte sich ein paar Schritte und senkte hörbar die Stimme. »Muss das jetzt sein? Lass uns heute Abend darüber reden.« Der Wind frischte auf und zischte um den Block. »... Ja, Schatz.«

Tims Worte trugen über den Wind hinweg zu ihr. Kaum hörbar, doch sie genügten, um unter ihr ein Loch aufzureißen, in das sie hineinfiel, ohne je aufzuschlagen.

Ein Tränenschleier legte sich vor ihre Sicht und ein Rauschen trat in ihre Ohren. Das durfte nicht wahr sein!

Sie betrachtete Tim, der noch immer ein paar Meter entfernt in sein Telefon sprach und gelegentlich einen Blick in ihre Richtung warf. Säure stieg in ihren Hals und Schwindel überkam sie. Wie hatte sie so dumm sein können?

Wie ferngesteuert ging sie zum Tisch, schnappte ihre Handtasche und eilte davon.

Preston stand drinnen am unteren Treppenabsatz. »Alles in Ordnung?«, rief er ihr zu.

Sie schüttelte den Kopf und nuschelte ein »muss los« in seine Richtung – den Kopf gesenkt, damit er ihre Tränen nicht sah.

Tims Kuss brannte noch auf ihren Lippen. Der Nachhall einer Flamme, an der sie sich Brandblasen geholt hatte.

Die Fahrstuhltür öffnete sich, sie hüpfte hinein und wartete quälende Atemzüge, dass sie sich wieder schloss. Als sie mit sich allein war, liefen die Tränen ungebremst über ihre Wangen. Es kam ihr wie die dümmste Idee aller Zeiten vor, sich auf diese New-York-Reise eingelassen zu haben. Das hatte sie nun davon.

Kapitel 6

Der Kuss drehte sich ununterbrochen durch Ellis Kopf, während sie die Straßen zurück zum Hotel ging. War sie wirklich eine derart schlechte Menschenkennerin? Tim war ihr nicht vorgekommen wie einer der Typen, auf die sie sonst stand.

Zum wiederholten Mal wischte sie mit dem Ärmel über ihr verweintes Gesicht. Ihre Augen brannten von den Tränen, die wie ein unersättlicher Quell immer wieder nach außen drückten, egal wie sehr sie sich bemühte, sie zu stoppen.

Mit gesenktem Kopf eilte sie die Straßen entlang. Jemand rempelte sie im Vorbeigehen an. Eine Beschwerde wurde ihr hinterhergeworfen, doch sie reagierte nicht darauf.

Sie fühlte sich leer und ausgenutzt wie lange nicht mehr. Vor zwei Jahren hatte Cliff genau diesen Graben aufgerissen, sie kaputt und allein mit den Kindern zurückgelassen. Ohne Danielle hätte sie die Zeit nicht überstanden. Brooke und Nathan hatten jeden Nerv gekostet und waren total überfordert gewesen mit der Trennung ihrer Eltern. Immerhin hatte sie dank der beiden eine Aufgabe gehabt, die sie davon abhielt, dem Wahnsinn zu verfallen. Es gab Menschen, für die sie stark sein wollte.

Ihre Füße brannten, als sie in die Querstraße des Hotels einbog und die mittlerweile bekannten Silhouetten ausmachte. Erleichtert betrat sie die Lobby und verschwand umgehend im Fahrstuhl.

Kurz bevor die Tür sich verschloss, plingte es und sie fuhr wieder auseinander. Ashley stand vor ihr. Ihre Augen weiteten sich eine Nuance. Unsicherheit huschte durch ihre Mimik, dann betrachtete sie Elli eingehender.

In High Heels und Cocktailkleid betrat sie die Kabine und drückte den vorletzten Stock. »Alles in Ordnung?«

Elli schüttelte den Kopf und zog die Schultern hoch. Die Hände vergrub sie in den Hosentaschen.

Der Fahrstuhl setzte sich in Bewegung.

»Ist es wegen … uns?« In Ashleys Worten lagen ehrliches Interesse und eine einladende Wärme.

Wieder schüttelte Elli den Kopf. Diese Begegnung war ihr peinlich, und sie hoffte auf eine schnelle Erlösung.

Erst nach quälenden Sekunden öffnete sich die Tür. Ashley blieb außerhalb stehen und blickte noch einmal zurück. »Wenn du jemanden zum Reden brauchst, sag Bescheid.«

Elli deutete ein überfordertes Nicken an, während die Tür wieder zufuhr. Sie blickte zum Boden in der Hoffnung, er möge sich öffnen und sie im Ganzen schlucken.

In ihrem Zimmer stellte sie die Tasche an die Seite, hängte die Jacke weg und legte sich rücklings auf ihr Bett. Ihre Atmung ging stockend, Seufzer verließen ihren Mund und die Tränen durften das erste Mal einfach rollen.

Als der Strom versiegte, ging es ihr besser. Sie war versucht, Danielle zu schreiben, beschloss dann aber, einen Haken an die Geschichte zu setzen und nicht weiter darüber nachzudenken. Danielle würde vielleicht Begehrlichkeiten und Hoffnungen in ihr wecken, und sie wollte sich auf keinen Fall auf einen vergebenen Mann einlassen.

Ein Blick auf die Uhr zeigte ihr noch drei Stunden Zeit bis zum Abendessen. Sie entschied sich für eine Dusche, erst heiß, dann kalt. Vor allem das Gesicht hielt sie in den eisigen Strahl. Es stach auf ihrer Haut und klärte ihren Kopf. Ihre aufgequollenen Augen sahen nach dem Duschen erholter aus.

Das Programm des Hotels sprang ihr vom Nachttisch aus ins Auge. Heute war Cocktailtag. *Drei sind frei.* Na, wenn das kein passendes Angebot war.

Die Hose und Leggings beförderte sie in ihre Reisetasche und zog eine Stretchjeans zu ihrem Pulli aus dem Schrank. Dann schnappte sie ihren Laptop und verließ das Zimmer.

Unten in der Lobby drapierte Pam rote Schleifen auf den Tannenbäumen, die die Wände säumten. »Hallo Miss Middleton, wie war der Schlittschuhausflug?«

Die Schlittschuhe!

Siedend heiß fiel ihr ein, dass das Paar noch bei Preston im Restaurant stand. Sie hatte es unter den Tisch geschoben und im Schock nicht mehr daran gedacht. Aber das war unwichtig. Es waren nie ihre Schuhe gewesen und an das Restaurant wollte sie ebenso nicht mehr denken.

»Sie machen es ja sehr geheimnisvoll«, sagte Pam und holte eine neue Schleife aus einem großen Karton.

Elli lächelte gequält. »Das hat mir heute schon einmal jemand gesagt.«

»Sie können mir gern später berichten. Ich wäre wirklich interessiert. Falls etwas nicht in Ordnung war, möchten wir es wissen und unser Programm entsprechend anpassen.«

»Das Schlittschuhlaufen war ein schöner Programmpunkt.«

»Dann quält Sie eine andere Sache?«

Herrgott, war sie ein offenes Buch? Sie bemühte sich um einen entspannten Gesichtsausdruck. »Manche Tage laufen eben nicht rund.«

»Ich hoffe, es hat nichts mit der bemehlten Kleidung zu tun. Wenn Sie das nicht gesäubert bekommen, werden wir das selbstverständlich ...«

»Woher wissen Sie denn davon?«, fuhr Elli dazwischen.

»Von meinem Sohn. Es tat ihm schrecklich leid.«

»Ihrem ... Sohn?«

»Ja, Sie haben ihn gestern getroffen. Timothy aus der Backstube. Er ist manchmal ganz schön durch den Wind.«

Der Schock fraß sich durch Ellis Eingeweide. Kein Wunder, dass das Hotel und die Backstube kooperierten und ähnlich hießen.

Die Gedanken würfelten durch ihren Kopf, einer lauter als der andere. »Danke. Es ist alles gut. Grüßen Sie ihn und seine Frau. Ich muss jetzt weiter.«

Sie eilte davon, ehe Pam das Gespräch fortführen konnte. Das Herz klopfte im Gleichtakt mit ihren überhasteten Schritten, bis sie die Schmalzstube erreichte.

Die Stühle vor dem Tresen waren gut belegt. Sie bestellte einen Hot Buttered Rum und nahm an einem der Tische Platz.

Timothy war Pams Sohn! Sie konnte es immer noch nicht glauben. Sollte sie lieber wieder auf ihr Zimmer gehen? Wie konnte sie Pam jetzt noch unvoreingenommen gegenübertreten?

Sie schüttelte den Kopf. *Reiß dich zusammen, Elli! Du bleibst jetzt schön hier sitzen und wahrst deine Contenance.* Immerhin konnte Pam nichts dafür, dass der Nachmittag schlecht gelaufen war.

Als der Hot Buttered Rum neben ihr stand, leerte sie ihn innerhalb von fünf Minuten bis zur Hälfte. Der Alkohol schoss ihr in den Kopf, wärmte ihre Wangen und beruhigte ihre Nerven. Es war noch nicht einmal fünfzehn Uhr, aber was machte das heute schon aus.

Mit nun weniger zittrigen Fingern öffnete sie ihren Laptop und rief die E-Mails ab. Freudig beantwortete sie drei Bestellungen und gab ein Abholdatum an. Außerdem hatte sich der Vertreter eines lokalen Einrichtungsgeschäftes für die Gala angemeldet. Das stimmte sie glücklich und wischte die Probleme des Mittags vom Tisch. Sie nutzte die Gelegenheit, um mit ihrem Newsletter erneut für die Gala zu werben. Noch einen halben Rumcocktail später konnte sie ihre miese Laune und den Laptop endlich beiseitelegen.

Ihr Handy vibrierte. Eine Nachricht von Danielle erschien auf dem Bildschirm.

Wie war dein Tag? Hat die Haselnuss Glück gebracht?

Elli schaltete den Bildschirm wieder aus und beließ die Nachricht bei ungelesen. Darum konnte sie sich später kümmern. Sie sah auf und entdeckte Ashley, die mit zwei Drinks in der Hand genau auf sie zusteuerte.

Irritiert blickte sie sich um und suchte nach Cliff, doch der war nirgends zu sehen.

Ashley blieb vor ihrem Tisch stehen und schob ihr einen Gingerbread Scotch vor die Nase. »Hi, du siehst aus, als könntest du noch einen Drink gebrauchen. Kann ich mich dazu setzen?«

Während Elli träge vom Alkohol überlegte, wie sie Ashley freundlich absagen konnte, setzte die sich bereits an den Tisch.

»Ich wollte mit dir reden.«

»Mit mir?« Der Rum drehte sich durch Ellis Hirnwindungen.

»Ja. Mir scheint, zwischen dir und Cliff gibt es irgendein Problem, das sich bis heute hält. Cliff wischt es weg, aber es scheint euch beide gewaltig zu stören.«

»Und da Cliff nichts sagt, fragst du mich aus?« Elli spürte, wie ihre Zunge lockerer wurde. Vielleicht war es keine gute Idee gewesen, nach dem Häppchen zum Mittag und mitten im Gefühlschaos auf Alkohol zurückzugreifen.

Ashley nahm einen kräftigen Zug von ihrem Scotch. »Ja, ich dachte so von Frau zu Frau.«

»Du meinst wohl eher von Ex zu Freundin.«

»Nenn es, wie du willst. Cliff hat mir gesagt, ihr hattet eine Beziehung, aber das war nichts Ernstes.«

»Nichts ... was?« Elli knallte ihr Glas zurück auf den Tisch und sah Ashley aus geweiteten Augen an. »Wie kann man nur so selbstgefällig sein?«

»Genau das meine ich. Was ist denn los zwischen euch?«

»Eine zwölfjährige Beziehung und zwei Kinder sind los, mit denen er mich – ganz nebenbei – einfach hat sitzen lassen, weil ihm die Verantwortung zu groß wurde. Lieber hat er eine andere gedatet wie zigmal zuvor in all den Jahren. Leider erfuhr ich das Meiste erst hinterher.«

Jetzt war es Ashley, die sie anstarrte, unfähig, ein Wort zu sagen.

»Überrascht?«, fragte Elli mit einer gewissen Befriedigung und leerte den Scotch, den Ashley mitgebracht hatte, in einem Zug, während *All I want for Christmas* in einer Pianoversion im Hintergrund dudelte. Lebkuchengeschmack verteilte sich auf ihrer Zunge, ergänzt von der malzigen Note des Scotchs. Vermutlich gab sie ein elendes Bild ab. Heute war es ihr egal. »Zwei Jahre lang hat er sich gar nicht gemeldet und kaum Unterhalt gezahlt. Vor ein paar Monaten wollte er dann dringend Kontakt und hat sich förmlich juristisch in die Familie zurückgeschoben.«

Ashley schwieg noch immer und orderte, indem sie der Kellnerin das leere Glas zeigte, einen weiteren Cocktail. Erwartungsvoll sah sie Elli an.

Elli seufzte. »Cliff hat die Kinder dann ein paar Mal getroffen und durchgesetzt, dass sie eine ganze Woche bei ihm sein dürfen. Drei Mal darfst du raten, welche Woche angedacht war.«

Ashleys mühsam aufrechterhaltene Mimik fiel nun gänzlich in sich zusammen. »Oh nein, das tut mir leid!«

»Muss es nicht. Ist nicht deine Schuld, dass er sein Leben nicht auf die Reihe kriegt.«

»Ja, aber mein Therapeut meinte, ich solle die Tage hier in New York nutzen, um unsere Beziehung zu prüfen. Ich habe Cliff förmlich gezwungen, mit herzukommen. Wenn ich gewusst hätte, dass …«

»Eben!«, fuhr Elli dazwischen. »Du wusstest nicht einmal von den Kindern. Gib dir dafür bloß nicht die Schuld!« Sie hob die Hand nach der Kellnerin.

Ashley starrte betreten auf den Tisch. »Verrückt, dass ich so denke, was?«

»Ganz ehrlich? Ich doch auch. Und die Tage hier in seiner Nähe haben mich dazu verleitet, kurzzeitig noch einmal daran zu denken. Was ich für ein schlechtes Gewissen hatte, dass ich mir nach einem Jahr Plackerei ein paar Tage für mich gönne.«

Die Kellnerin kam zum Tisch und Elli orderte eine Flasche Wasser. Dann fiel ihr ein, dass sie kein Geld bei sich trug. »Moment, doch nicht.« Sie grub in ihrem Kopf nach der Anzahl Cocktails, die sie getrunken hatte. War noch einer frei? Sie wusste es nicht mehr.

»Noch zwei Gingerbread Scotch bitte«, orderte Ashley. »Auf meine Rechnung.«

Die Kellnerin nickte und servierte die leeren Gläser ab.

Der Alkohol jagte immer schneller durch Ellis Geist und rotierte durch ihre Nervenbahnen, sodass der erste Schwindel sie überkam. »Ich sollte lieber ins Bett gehen«, sagte sie und gab sich dabei Mühe, möglichst klar zu sprechen. Es gelang ihr nur bedingt.

»Ich würde mich freuen, wenn du noch bleibst. Ich habe noch ein paar Fragen zu Cliff.«

»Ach ja?«

»Wie war das damals zwischen euch?«

Elli vermisste ihr Glas, um sich daran festzuhalten. Also spielte sie mit den Fransen der Tischdecke. »Schön. Anfangs jedenfalls. Er hat mir den Hof gemacht, mir das Gefühl gegeben, ein ganz besonderer Mensch zu sein. Zumindest dachte ich das.«

»Und dann?«

»Hatte ich immer öfter das Gefühl, dass ich nicht mehr als ein Statussymbol bin, zu dem er, wenn ich laut genug gebettelt habe, zurückkam. Ich habe ihn gedrängt, ein Kind zu bekommen. Er hat sich darauf eingelassen, war nur nie besonders glücklich damit.«

»Aber ihr habt noch ein zweites Kind bekommen, richtig?«

Elli ließ den Blick durch die Schmalzstube gleiten. »Ja. Er wollte das nie.« Es schmerzte, diese Worte auszusprechen. All die Jahre hatte sie das Wissen in ihrem Herzen mit sich getragen, doch die Wahrheit nie wirklich ausgesprochen. Was ein paar Cocktails ans Licht brachten.

Die nächste Runde Getränke landete auf ihrem Tisch und im Hintergrund wurde das Buffet für das Abendessen aufgebaut.

»Das tut mir leid«, sagte Ashley.

»Muss es nicht«, antwortete Elli. »Ich bin selbst schuld. Ich habe nicht verhütet, weil ich dachte, ein zweites Kind würde unsere Beziehung kitten. Hat es aber nicht.« Nun war auch dieser Teil ausgesprochen. Dank des steigenden Alkoholpegels hatte sie keinerlei Bedenken, ob Ashley das gut oder schlecht fand. Es war ihr schlichtweg egal. Eine unendliche Last fiel von ihr, die sie all die Jahre mit sich herumgeschleppt hatte.

In ihrer Welt war einzig und allein Cliff schuld an der Misere gewesen. Doch sie trug ihren Anteil. Sie konnte ihn keinesfalls allein dafür verantwortlich machen. Auch wenn er sich wie ein Ekel benahm.

Ashley nickte langsam und hob ihren Blick. »Verstehe. Danke für deine Offenheit. Weißt du, was verrückt ist?«

Elli sah sie über ihr Glas hinweg an.

Ashleys Augen wirkten wässrig, den Tränen nahe. Sie rutschte mit dem Stuhl ein Stück vom Tisch weg. »Gestern Abend habe ich überlegt, es mit Cliff darauf ankommen zu lassen.«

»Ihr seid doch schon ein Paar.«

»Das meine ich nicht.« Die Worte quälten sich spürbar aus ihrer Kehle. »Ich wollte die Verhütung weglassen. Es darauf ankommen lassen. Ein Kind von ihm.« Sie krampfte die Hände in die Oberschenkel, dann stand sie auf. »Zum Glück war ich doch vorsichtig.«

»Vielleicht läuft es bei euch ganz anders«, versuchte Elli, sie von einer Zukunft zu überzeugen, an die sie selbst nicht glaubte.

»Danke«, sagte Ashley leise, stand auf und verließ die Schmalzstube.

Die ersten Abendbrotgäste tauchten auf und bedienten sich am Buffet. Tellerklappern übertönte für einen Moment die Musik.

Elli saß an ihrem Platz, wusste nicht, was sie davon halten sollte und entschied, ihren vernebelten Gedanken eine Weile länger nachzuhängen.

***

Eine halbe Stunde später hielt sich ihr Kopf noch immer hartnäckig im alkoholischen Nebel. Fast alle Tische waren besetzt, und Elli entschied, ebenfalls am Buffet zuzuschlagen.

Sie erwischte sich dabei, keinen wirklich sicheren Stand mehr zu haben, und bemühte sich umso stärker, nicht aufzufallen. Zum Glück schaffte sie es steten Ganges zum Teller Beladen und zurück zum Tisch. Niemand starrte sie an oder blickte ihr nach.

Eine Fuhre Wedges, Pilze und Spareribs später ging es ihr besser. Die fettige Mahlzeit arbeitete in ihrem Körper und verdrängte das Gefühl der Trunkenheit. Ihr Kopf klärte sich und die Welt drehte sich langsamer vor ihren Augen.

Sie nahm ihr Handy zur Hand und beantwortete Danielles Nachricht.

Der Tag war schön, auch wenn mir das Glück nicht hold war. Vielleicht hilft die dritte Haselnuss.

Hoffentlich reichte Danielle das zur Beruhigung. Sie hatte keine Lust, ihr jetzt alles zu erzählen. Das konnte sie tun, wenn sie wieder zu Hause war.

Als sie eine zweite Ration vom Buffet holte, betraten Cliff und Ashley Arm in Arm die Schmalzstube. Es wirkte innig, als hätte ihr Gespräch nie stattgefunden. Das musste Ashley selbst wissen. Elli fing einen Blick von ihr auf, ein kurzes angedeutetes Nicken, dann war der Kontakt verflogen. Gemeinsam mit Cliff nahm sie in einer ruhigen Ecke Platz, hielt mit vom Alkohol getrübtem Blick über den Tisch hinweg Händchen, während er Getränke orderte.

Elli musste sich zwingen, nicht die ganze Zeit zuzuse-hen. Doch während zuletzt der Ärger obenauf gesessen hatte, überwog nun die Neugier. Sie ließ sich Zeit und blickte immer wieder zu den beiden. Irgendwann drückten die Getränke auf ihre Blase. Als sie den Druck nicht mehr aushielt, eilte sie zur Toilette.

Deutlich erleichtert kehrte sie kurz darauf in den Gang vor der Schmalzstube zurück. Sie sah Cliff dort stehen, das Telefon am Ohr. Bestimmt eines seiner üb-lichen, furchtbar wichtigen Arbeitstelefonate.

Sie blieb nahe der Toilette stehen, bis er fertig war. Er war tatsächlich so vertieft, dass er sie nicht einmal wahrnahm. Erst nachdem er aufgelegt hatte, ging sie zu ihm.

»Hey, Cliff.«

»Elli.« Seine Brauen zogen sich skeptisch zusammen, als vermutete er irgendeinen Hinterhalt.

»Ich wollte kurz mit dir sprechen.« Sie wusste nicht, wieso sie das tat. Vielleicht beflügelte sie noch immer der Alkohol, auch wenn er kaum noch spürbar war.

»Ich habe aber keine Lust, mit dir zu reden. Können wir nicht später ...?«

»Nein!«, fuhr sie vehement dazwischen.

Er verschränkte die Arme vor der Brust wie ein klei-nes Kind. »Dann schieß los.«

»Mir liegt viel auf der Zunge, dass ich dir gern entge-genschießen wöllte. Aber darum geht es mir gerade nicht. Tatsächlich möchte ich dir und Ashley alles Gute wünschen.«

»Willst du mich auf den Arm nehmen? Spar dir das!«

»Nein, Cliff«, erwiderte Elli und entspannte ihre Kör-perhaltung. Sie sah zu ihm hinauf – ein Schritt, der ihr früher Sicherheit gegeben hatte. Heute spürte sie deutlich, wie sehr Cliff auf sie herabsah. »Die wievielte Freundin ist sie? Die zehnte?«

»Ein Glückwunsch klingt anders.«

»Dann lass mich ausreden. Weißt du, was ich dir wirklich wünsche? Dass du sie zur Abwechslung gut behandelst. Nicht wie all die anderen.«

»Du meinst wie dich?«

»Ja, auch mich. Ashley hat das nicht verdient. Sie ist wirklich in Ordnung. Sei nett zu ihr oder ziehe einen Schlussstrich, bevor es in Verpflichtungen endet, die du nicht leisten kannst.«

»Was willst du damit sagen?«

»Etwas, dass ich schon lange hätte sagen sollen: Wir hatten schöne Momente, Cliff, aber im Grunde haben wir nie zusammengepasst. Was noch schlimmer wiegt: Du bist kläglich gescheitert an deinen Aufgaben als Vater.«

»Als Vater von Kindern, die dir ach so wichtig waren.«

»Und die auch *du* bekommen hast!« Sie starrte ihn an, zog die Augen noch ein Stück enger zusammen. Erst war es die Wehmut gewesen, die der Alkohol befreit hatte, nun die Wut. »Wir alle treffen Entscheidungen. Vielleicht nicht immer die besten, aber wir sollten für das, was wir tun, geradestehen. Ein Kind zeugt sich nicht allein, vergiss das nie, Cliff. Kinder sind keine Gegenstände, die man nutzt, wenn man sie braucht. Und das gilt für Partnerinnen ebenfalls! Wir haben Gefühle, Cliff. Nimm sie ernst. Wenn du es bei mir nicht getan hast, dann tu es bei Ashley. Und jetzt entschuldige mich, mein Essen wird kalt.«

Sie schob sich an ihm vorbei, genoss seinen verdatterten Blick und fühlte sich befreit wie lange nicht. Was auch immer am heutigen Mittag schief gegangen war, hatte ihr die Tür geöffnet für eine Klärung, zu der ihr bisher immer der Mut und die Stärke gefehlt hatten. Nathan und Brooke waren ihre Kinder, ein Teil ihrer selbst. Sie verdienten es nicht, zum Spielball zu werden. Und sie ebenso wenig. Wenn ihr heute eins klar geworden war, dann das. Und dass sie sich von einem Mann abhängig gemacht hatte, der ihr und ihrer Liebe nicht einmal im Ansatz das Wasser reichen konnte.

Zufrieden setzte sie sich wieder an ihren Platz und aß weiter. Im Augenwinkel verfolgte sie, wie Cliff mit einem zerknitterten Gesichtsausdruck zu Ashley zurückkehrte. Sie hauchte ihm einen Kuss entgegen, doch er winkte ab und griff nach seinem Bierglas.

Danach gelang es Elli, sich voll und ganz auf ihren Teller zu konzentrieren. Wie nach einem Befreiungsschlag verflog all die Anspannung aus ihrem Inneren. Ihre Gedanken waren klar wie seit Jahren nicht, ihre Gefühle geordnet, ihr Herz im Reinen.

Sie räumte ihr Geschirr zurück, nahm ihren Laptop und ging auf ihr Zimmer. Sie war beflügelt, dachte sogar darüber nach, am nächsten Tag noch einmal bei Preston aufzuschlagen und ihre Schlittschuhe einzusammeln. Vielleicht hatte er Kontaktdaten zu Tim, damit sie mit ihm ebenfalls ein klärendes Gespräch führen konnte. Es erschien ihr passend und wichtig. Doch dafür war am nächsten Tag noch Zeit.

Im Zimmer angekommen, zückte sie ihr Handy und wählte Danielles Nummer.

Ihre Schwester erschien auf dem Screen. »Hey! Unsere Urlauberin meldet sich.«

»Mom!«, rief Nathan im Hintergrund und erschien keine Sekunde später vor dem Bildschirm. Im Schlafgewand und mit noch nassen Haaren zog er Danielle das Telefon aus der Hand und rannte damit durch die Wohnung. »Brooke, Mom ist am Telefon.«

Elli wartete geduldig, bis ihre Kinder vor dem Bildschirm saßen. Brooke wirkte nicht gerade glücklich. Eine Anspannung lag in ihren Gesichtszügen, die Elli als Sorgengesicht kannte. »Alles in Ordnung bei euch?«

Nathan nickte glücklich. »Ich habe heute mit Aron gespielt. Brooke hat mich nach der Schule hingebracht und ich bin ganz allein wieder nach Hause gekommen.«

»Den weiten Weg?«

Ein stolzes Grinsen strahlte ihr entgegen. »Ganz allein mit dem Rad.«

»Herzlichen Glückwunsch, mein Liebling. Und dass bei dieser langen Strecke. Ich bin stolz auf dich.«

»Ich liebe dich, Mom.«

»Ich dich auch.«

»Gute Nacht.« Nathan verschwand aus dem Bild und Brooke blieb allein zurück.

»Möchtest du mir etwas sagen, Mäuschen?«

»Ich bin kein Mäuschen, Mom. Ich bin vierzehn!« Giftiger hätte sie es nicht ausspucken können.

Elli mahnte sich innerlich zur Ruhe. Bloß nicht darauf einsteigen, sonst endete es noch im Streit. Sie atmete tief durch. »In Ordnung. Du musst nicht darüber reden.«

»Will ich auch nicht.«

»Gute Nacht, Brooke. Hab dich lieb.«

»Gute Nacht, Mom.« Brooke winkte halbherzig in die Kamera, dann wurde der Bildschirm schwarz.

Ein Seufzer lag Elli auf den Lippen. Hoffentlich ging Pubertät wirklich vorbei. Hatte sie sich früher ähnlich benommen? Vermutlich nicht, denn ihr Vater hätte sie dafür verprügelt. Danielle sagte immer, es sei wichtig, dass Brooke alles doof finden und jeden Kommentar mit einem Augenrollen quittieren durfte. Sie gab sich wirklich Mühe, das zuzulassen und nicht jedes Mal an die Decke zu gehen, aber es kostete Nerven.

Sie entschied, die Sorgen vorerst beiseitezuschieben. Immerhin hatte sie noch zwei Tage in New York, die allein ihr gehörten.

***

Sie war auf dem Weg zu Tim in die Bäckerei. Der rief ununterbrochen auf ihrem Handy an, doch sie wollte persönlich mit ihm reden. Immer penetranter klingelte das Smartphone in ihren Ohren, bis sie schließlich die Augen öffnete und merkte, dass sie geträumt hatte. Die Bilder vor ihrem inneren Auge verschwanden, einzig das Klingeln blieb.

Verschlafen griff sie nach ihrem Telefon und versuchte abzulesen, wer anrief. Es war gerade kurz nach eins, eine unbekannte Nummer mit der Vorwahl ihres Heimatcountys.

Sie wischte den grünen Hörer über das Display. »Middleton.«

»Guten Tag, Miss Middleton, hier ist Officer Lewis.«

»Officer!« Katastrophengedanken schossen durch ihren Kopf. »Geht es um meine Kinder? Ist etwas …«

»Nein, Ma'am«, unterbrach Officer Lewis sie am anderen Ende. »Ich rufe an wegen Ihres Ladengeschäfts. Es gab einen Scheunenbrand, der auf Ihren Laden übergegriffen hat. Die Feuerwehr ist bereits vor Ort, doch das Löschen gestaltet sich schwierig. Können Sie bitte schnellstens herkommen?«

»Mein …«, Ellis Stimme brach. Ihre Existenz. In Flammen. Das … konnte nicht sein. »Nein«, hauchte sie ins Telefon.

»Miss Middleton, es tut mir leid. Ich warte hier vor Ort.«

»Ja, gut. Ich meine, nein. Warten Sie.« Elli versuchte, ihre wirren Gedanken zu sammeln. »Ich bin nicht zu Hause, werde aber jemanden verständigen, der schnellstmöglich vorbeikommt.«

»In Ordnung.«

Mit zittrigen Fingern legte Elli auf und rief Danielle an. Sie brauchte zwei Anläufe, bis ihre Schwester völlig verschlafen antwortete.

»Was willst du mitten in der Nacht?«

Ein Schluchzer entfuhr ihr. »Mein … Laden. Er brennt.«

»Dein Laden macht was?« Danielles Stimme klang schlagartig klarer. »Was ist passiert?«

»Eben hat die Polizei angerufen. Mein Laden brennt. Er brennt, Danielle!«

»Oh Gott, Elli, beruhige dich. Ganz langsam. Atme ein … und aus.«

Elli gehorchte. Ihre Nerven beruhigten sich trotzdem nicht. »Was soll ich denn jetzt machen? Du musst hinfahren. Der Officer will, dass ...«

»Elli! Stopp! Noch mal langsam.«

»Officer Lewis hat angerufen, dass das Geschäft brennt. Das Feuer hat übergegriffen. Ich soll jetzt hinkommen, bin aber doch in New York. Ich habe gesagt, ich schicke jemanden.«

Am anderen Ende raschelte es. »Ich fahre los. Du beruhigst dich erst mal.«

»Wie denn? Ich kann auf gar keinen Fall hierbleiben.«

»Das verstehe ich. Lass mich hinfahren. Ich bin in zwanzig Minuten dort. Dann rufe ich dich an und wir entscheiden, wie es weitergeht.«

Elli nickte, obwohl Danielle das nicht sehen konnte. »Bis gleich.« Sie legte auf und starrte in die Dunkelheit. Vor ihren Augen tanzten Flammen und sie sah, wie ihre Existenz gefressen wurde. Sie konnte es sich bildlich vorstellen und litt.

***

Unruhig tigerte sie durch ihr Zimmer, setzte sich, stand wieder auf, ging auf die Toilette, spülte sich kaltes Wasser ins Gesicht, setzte sich erneut und hielt sich den Magen. Wieder und wieder. Die Zeit verging quälend langsam. So langsam wie noch nie.

Endlich klingelte ihr Smartphone.

»Und?«

Danielles Stimme klang belegt. »Du solltest umgehend herkommen. Ich traue mir gar nicht zu sagen, wie es aussieht. Viel wird am Ende nicht übrig sein.«

Die Worte schmerzten und fraßen sich heiß in Ellis Eingeweide. »Wie komme ich ohne Geld heim?«

»Ich buche dir ein Ticket«, sagte Danielle, »und schicke es dir zu. Vom Bahnhof kann ich dich einsammeln. Pack schon mal.«

Elli legte auf und sank auf ihr Bett, die Hände in den Schoß gedrückt. Ihr gestohlenes Portemonnaie war Fliegendreck gegen das hier. Ein Jahr lang hatte sie mühevoll dafür gearbeitet, und nun?

Ihr Telefon vibrierte. Ein Screenshot für ein Zugticket. Abfahrt kurz nach drei Uhr an der Grand-Central-Station. Das ließ ihr gut anderthalb Stunden, um alles zu packen und zur Station zu kommen.

Kurz darauf fuhr sie mit ihrem Rollkoffer und Handgepäck in die Lobby hinab. Alles wirkte wie ausgestorben. Nur eine Notbeleuchtung wies den Weg durch den Eingangsbereich.

An der Rezeption hielt Elli an, beugte sich hinüber und legte die Schlüsselkarte auf den Schreibtisch dahinter. Dann ging sie los. Kurz bevor sie die Flügeltür erreichte, hielt sie noch einmal inne und blickte zurück. Einfach gehen ziemte sich nicht. Ohne jeden Kommentar.

Da sie noch Zeit hatte, ging sie zurück und um die Rezeption herum. Das Licht im Foyer reichte kaum bis hierher, also nahm sie ihr Handy zu Hilfe und suchte einen Zettel und einen Kuli.

Liebe Pam, vielen herzlichen Dank für den durch und durch freundlichen und warmherzigen Empfang und Aufenthalt in Ihrem Hotel. Aufgrund eines privaten

Die Zimmerkarte platzierte sie auf dem Schreiben und marschierte samt Gepäck zum Nachtausgang des Hotels hinaus.

Man hätte meinen müssen, New York wäre nachts ruhig, aber der Betrieb entlang der Hauptstraßen schien nie stillzustehen. Natürlich weit weniger betriebsam als am Tag, doch immer noch geschäftig. Aus Clubs drang Musik, Bars waren gefüllt mit Partyvolk und hier oder da wurde ein Grüppchen aus einer der Türen gespuckt, wo sie einander haltend den Gehweg entlang wankten.

Einen langen Fußmarsch später erreichte sie die Grand-Central-Station. Müde setzte sie sich an den Bahnsteig und wartete auf die Einfahrt des Zuges.

Kapitel 7

Während der anderthalbstündigen Fahrt sank sie immer wieder in kurzen Schlaf. Dabei sah sie sich in Flammen stehen, rettete verzweifelt ihr Hab und Gut. Verstörende Schatten huschten durch den Halbschlaf und sie war dankbar, als sie den Bahnhof in Woodbury endlich erreichte.

Ihre Schwester wartete am Bahnsteig und schloss sie in eine enge Umarmung.

Wenig später fuhren sie die Straße zu ihrem Geschäft entlang. Warnleuchten blinkten ihr entgegen. Polizeiwagen sperrten die Durchfahrt großräumig und die Feuerwehr hielt noch immer Schläuche auf die grell lodernde Scheune neben Ellis Laden. Eine weitere Fuhre Wasser senkte sich gerade auf die Nebengebäude, zu denen ihr Keramikgeschäft gehörte. Ein erfolglos wirkender Versuch, den Brand einzudämmen.

Danielle hatte kaum den Wagen angehalten, da sprang Elli hinaus und eilte Officer Lewis entgegen. »Officer!«

»Miss Middleton. Es tut mir leid, dass ich Ihnen mitten in der Nacht diese unangenehmen Nachrichten überbringen muss. Ihr Ladengeschäft lag zu nah an der Scheune, die Fensterrahmen haben der Hitze nicht standgehalten. Der Brand hat vermutlich das Interieur zerstört. In zehn Minuten bin ich bei Ihnen. Ich brauche noch einige Angaben.«

Elli nickte geistesabwesend, während sich Officer Lewis wieder abwandte und einen Funkspruch beantwortete. Sie konnte den Blick nicht von den gierigen, alles verschlingenden Flammen nehmen. Wie in Trance entfernte sie sich von Officer Lewis in Richtung der Wegsperrung. Rauch quoll aus dem Dach der Scheune, das Flammenmeer verschlang alles.

Danielle ging neben ihr, die Hand auf ihrer Schulter wie zur Beruhigung. Sie näherten sich bis an das letzte Polizeiauto an. Die Fenster ihres Ladens waren verschmort, die Scheiben zerplatzt, im Inneren schwelten Rauchfäden und alles wirkte rußschwarz im Licht der riesigen Scheinwerfer, die den Unglücksort erhellten.

Kurzentschlossen löste sich Elli aus Danielles Händedruck und eilte ihrem Laden entgegen, immer schneller.

»Hey!«, rief ein Polizist. »Sie dürfen hier nicht durch!«
Elli setzte in einen kurzen Lauf über, als von hinten jemand ihre Arme packte. »Elli!« Danielles eindringlicher Ruf ging durch sie hindurch.

Sie riss sich frei, nur um zwei Schritte später noch fester gepackt zu werden.

»Miss Middleton, Sie bringen sich in Gefahr«, raunte jemand in ihr Ohr.

»Nein, lassen Sie mich!« Elli versuchte freizukommen, doch es war nicht mehr Danielle, sondern Officer Lewis, der ihr in Kraft und Muskelmasse deutlich überlegen war.

»Sie haben Kinder, richtig?« Die Stimme des Officers war eindringlich, bestimmend und ließ keinen Raum für Widerspruch.

Elli nickte matt. *Nathan, Brooke.*

»Zwei, wenn ich mich recht entsinne. Die brauchen eine Mutter, also machen Sie keinen Blödsinn, Miss Middleton, und kommen Sie wieder hinter die Absperrung.«

Ellis Knie zitterten, waren dankbar für den festen Griff, mit dem der Officer sie zurückführte. Sie konnte kaum stehen, nun, da die Gewissheit sich in sie hineinfraß. Es ließ sich nicht mehr leugnen, nicht mehr wegschieben. Ihre finanzielle Freiheit war eine Ruine. Hatte sie sich die ganze Fahrt lang an der irrsinnigen Hoffnung festgehalten, dass ein Teil ihres Besitzes zu retten wäre, wurde ihr das vernichtende Ausmaß nun bewusst.

Hinter der Absperrung brach sie zusammen. Teilnahmslos ließ sie zu, wie jemand sie zu einem Einsatzwagen trug und hineinsetzte. Eine warme Decke wurde über ihre Schultern gelegt und Danielle sprach sanft und einfühlsam auf sie ein. Elli verstand kein Wort. Der Schock saß tief, dafür wärmte die Umsorgung ihr Herz. Oder waren es die Flammen?

Tränen lösten sich, flossen über ihre Wangen hinab. Die Ereignisse der letzten Tage sammelten sich vor ihrem inneren Auge und sie fragte sich, ob jemand sie bestrafen wollte. Ein paar Tage frei hatte sie gewollt und sich mit Freude darauf eingelassen. Aber wenn *das* nun das Ergebnis war, verzichtete sie ihr restliches Leben lieber darauf.

»… alles gut«, drang Danielles Stimme endlich zu ihr durch. »Zusammen schaffen wir das irgendwie.« Ihre Hand streichelte über Ellis Haare, dann über die Wange.

Elli starrte sie an, unfähig etwas zu erwidern.

»Schwesterherz«, sagte Danielle, »wir haben ganz andere Katastrophen zusammen durchgestanden.«

Bilder fluteten Ellis Kopf. Schläge, ein Arrestzimmer, dessen harter Boden nach einer von Angst geprägten Nacht in jedem Muskel eingebrannt war, eine Stimme wie Donnergrollen. Sie hatte Mühe, die hässlichen Erinnerungen wieder davonzuschieben, klammerte sich an Danielles Augen, wie sie es früher immer gemacht hatte, und nickte zaghaft.

»So ist es besser«, sagte Danielle und griff ihre Schultern. »Wir schaffen das. Du schaffst das. Es wird sich ein neuer Weg auftun und wenn wir zusammenhalten, ist es nur halb so schlimm.«

Elli beugte sich vor und versank in einer Umarmung. Sie war tröstend und haltend, was ihr erneut die Tränen auf die Wangen trieb. Diesmal waren es keine verzweifelten, sondern dankbare. Sie vergrub den Kopf in der Jacke ihrer Schwester, ihr Oberkörper bebte vom Schluchzen und ihre Finger krallten sich in Danielles Arme.

Als sie sich lösen konnte, reichte ihr eine der Einsatzkräfte eine warme Tasse Tee. »Hier.«

Elli fragte nicht, woher der Tee kam, aber sie griff dankbar zu. Sie konnte die Tasse kaum halten, weil ihre Finger eisig kalt waren und jedes bisschen Wärme hineinstach. Einzig ihr Kreislauf nahm den Tee wie ein Geschenk entgegen.

Kurz darauf erschien der Officer am Wagen. »Alles in Ordnung, Ma'am? Möchten Sie sich durchchecken lassen?«

Entgeistert schüttelte sie den Kopf. »Nein, es geht wieder.« Wenn sie schon hier war, wollte sie heim und keinesfalls ins nächste Krankenhaus.

»Sie kommt mit zu uns«, warf Danielle ein. »Da ist sie in guten Händen.«

Das schien den Officer zu beruhigen. Er hob sein Klemmbrett in die Höhe und stellte Elli Fragen zur Größe des Geschäfts, der Versicherung und dem vermuteten Waren- und Einrichtungswert.

Was sie auf die letzte Frage antworten sollte, wusste sie nicht. Danielle schätzte an ihrer statt eine Summe von etwa fünfzigtausend Dollar. Das erschien ihr sehr viel. Andererseits, gemessen an den Stapeln aus getöpferten Tellern, Tassen, Dekorationen, dem Brennofen und den Materialvorräten, den Regalen und all den anderen Dingen, die ihren Laden einzigartig gemacht hatten, kam das vermutlich hin. Das deprimierte sie erneut.

Müde schleppte sie sich an Danielles Arm zurück zu deren Auto. Ihre Uhr zeigte kurz vor sechs Uhr, die ersten Pendler passierten die Straße. In den Häusern gegenüber der Brandstelle hingen Menschen hinter den Scheiben. Aus einem der Tore reichte jemand eine Thermoskanne an einen der Einsatzmitarbeiter sowie einen Korb, der vermutlich mit Essen gefüllt war.

»Können wir warten, bis die Kids aus dem Haus sind?«, fragte Elli, als sie im Auto saß und sich anschnallte. »Ich möchte nicht, dass sie mich so sehen.«

Danielle nickte und drehte den Zündschlüssel. »Klar. Ich fahre einen großzügigen Umweg. Lindsey weiß Bescheid. Sie kümmert sich und spricht mit den Kindern, dass du im Laufe des Tages zurückkommen wirst. Sie werden in der Schule bestimmt über den Brand reden. Wir fanden es sinnvoll, sie vorzubereiten.«

Dankbar nickte Elli und lehnte den Kopf gegen die kühle Scheibe. Der Wagen fuhr los und die Landschaft zog an ihr vorbei, ohne dass sie diese wahrnahm. Dann fielen ihr die Augen zu.

***

Bei ihrer Schwester angekommen, quälte sie sich aus dem Auto. Die Sonne strebte einem späten Winteraufgang entgegen, doch noch waren Sterne am Himmel sichtbar.

»Nathan und Brooke sind weg«, sagte Danielle und hob Ellis Koffer aus dem Van.

Aus dem geräumigen Familienhaus mit Echtholzfassade kam Lindsey auf sie zu. Sie schloss Elli in ihre Arme und hauchte ihr einen Kuss auf den Kopf. »Es tut mir so leid.«

Der perfekte Moment, um weitere Tränen zu vergießen, aber Elli war leer. Ihre Augen schmerzten vom Salzwasser, das die halbe Nacht darüber gelaufen war, und ihr Kopf fühlte sich ausgebrannt an. Sie schob einen einschießenden Kater vom großzügigen Alkoholgenuss am Vortag obendrauf. Benommen ließ sie sich nach drinnen führen, zog die warmen Wintersachen aus und sank auf die Couch.

»Schlaf noch ein bisschen«, sagte Lindsey und legte ihr eine Wolldecke über.

Sie starrte zur Decke hinauf, ohne dass ein Gedanke durch ihren Kopf trieb. Irgendwann fielen ihr die Augen zu und als sie wieder aufwachte, stellte sie erleichtert fest, nichts geträumt zu haben – jedenfalls nichts, woran sie sich erinnern würde.

Die Uhr zeigte zwölf und der Geruch von Tomaten strömte durch das Haus. Irgendjemand wirbelte durch die Küche, und die Kaffeemaschine lief.

Ihr Magen zeigte mit einem hörbaren Grummeln, wie sehr er sich auf eine üppige Mahlzeit freute. Sie setzte sich auf und schaute zum offenen Küchenbereich hinüber.

Lindsey warf ihr ein freundliches Lächeln entgegen. »Wie geht es dir?«

»Besser und irgendwie auch nicht.«

»Wir kriegen das wieder hin. Komm erst einmal essen.« Sie stellte eine Schüssel Tomatensuppe auf den Küchentresen und einen Teller voll gerösteter Käsesandwiches. Dazu gesellten sich Kaffee und warme Milch.

»Danke.« Elli nahm Platz und griff zu. Ihr Appetit war verhalten, steigerte sich jedoch mit jedem Bissen. Nach drei Käsesandwichecken und zwei Schüsseln würziger Suppe sank sie in ihrem Stuhl zurück und hielt sich den Bauch. »Mir war nicht klar, wie hungrig ich war.«

»Das wundert mich nicht.« Lindsey füllte die Kaffeetassen nach. »Bei dem Schock vergisst man bestimmt für ein paar Stunden alles. Selbst die Toilette.«

Die Worte sickerten langsam durch Ellis Körper, und drei Atemzüge später eilte sie ins Bad.

Nach dem Entleeren der Blase gönnte sie sich eine Dusche und im Nachgang einen langen Spaziergang.

Als sie das Haus ihrer Schwester erreichte, kamen ihr Nathan und Brooke auf der Straße entgegen. Nathans Augen strahlten. Er kam auf sie zu gerannt und warf sich um ihren Hals. »Mom!«

Sie drückte ihn und hauchte ihm einen Kuss auf die Wange. »Wie schön euch wiederzuhaben.« Das hatte auch Brooke gegolten.

Die grüßte mit einem verhaltenen »Hi« und marschierte ins Haus.

Teenager. Elli wollte sich nicht ausmalen, wie die nächsten zwei oder drei Jahre laufen würden. Mit Nathan an der Hand folgte sie ins Haus.

Dort holte Lindsey gerade ein Kürbisbrot aus dem Ofen. Es roch gut, sodass Elli trotz des immer noch vollen Magens der Mund wässrig wurde.

»Tante Lindsey!«, rief Nathan, »sie haben heute den ganzen Tag in der Schule über den Brand gesprochen, wie du gesagt hast.« Dann wandte er sich Elli zu und in sein Gesicht trat die Schuld. »Sorry, Mom. Ich wollte nicht ...«

»Schon gut, mein Engel.« Sie nahm ihn erneut in den Arm, damit er ihre aufsteigenden Tränen nicht sah. Mühevoll schluckte sie alle Traurigkeit hinunter, atmete tief ein und aus und versuchte zu funktionieren wie früher auch. Es gelang.

Sie sah Nathan in die Augen. »Wir kriegen das wieder hin.«

»Sieht es sehr schlimm aus?«

»Ich fürchte, ja. Du kannst gern mitkommen, wenn ich gleich hinfahre, um alles anzuschauen.«

Nathan nickte. »Ich helfe dir.«

»Und danach«, warf Lindsey ein, »machst du deine Hausaufgaben. Tante Danielle will die heute Abend sehen.«

Nathan schniefte durch die Nase, wischte sich mit dem Handrücken darüber und nickte. »Ich frage Brooke, ob sie mitkommen will.« Schon war er davongerannt.

Elli seufzte. »Sie werden zu schnell groß. Nun hilft er mir und nicht mehr ich ihm.«

»Lass ihn«, sagte Lindsey und packte das Brot zum Auskühlen auf ein Blech. »Es hilft ihm, damit klarzukommen.«

»Ich weiß. Danke für eure Hilfe, wirklich.«

»Das ist Ehrensache. Wir sind Familie, also halten wir zusammen.« Sie füllte noch warmen Tee in eine Kanne, die sie neben dem Brot platzierte.

Kurz darauf kehrte Nathan zurück. »Brooke hat keinen Bock. Sie sagt, ich sei ein Stinker und solle verschwinden.«

»Brooke!«, rief Elli die Treppe hinunter.

Keine Antwort, wie üblich.

Elli ging die Treppe hinunter und klopfte an die Tür, die zu Brookes Zimmer führte. Dann öffnete sie und schob den Kopf hinein.

»Hey, ich habe nicht gesagt, dass jemand reinkommen darf!« Brooke saß auf ihrem Bett mit den Kopfhörern um den Hals und einem Gesichtsausdruck, vor dem man lieber Reißaus nahm.

»Ich wollte schauen, ob es dir gut geht.«

»Mir geht es gut«, schoss es Elli entgegen. »Danke der Nachfrage!«

»Das klingt aber nicht danach.«

»Wieso interessiert sich plötzlich jeder dafür, wie es mir geht?«

Elli ging nicht weiter auf das Streitangebot ein. »Wir fahren jetzt zum Laden, um den Schaden zu begutachten. Möchtest du mit?«

Brookes Augen weiteten sich ein Stück, dann kniff sie die Lider zusammen. »Nein.« Sie schob die Kopfhörer über die Ohren, legte den Kopf nach hinten und schloss die Augen.

Elli gab auf. Sie würde jetzt nicht herausfinden, was los war, und später vermutlich auch nicht. Wenn Brooke sich einmal verschloss, war sie wie ein Safe, zu dem man den Code vergessen hatte. Vielleicht erreichte Danielle etwas, wenn sie zurück war.

Sie ging wieder hinauf in die Wohnküche und mit Lindsey und Nathan gemeinsam zum Auto. Ihr war mulmig zumute und gleichzeitig wollte sie Gewissheit, wollte sehen, wie es im Inneren ihres Ladens aussah. Was blieb ihr anderes übrig? Die Versicherung würde Fotos sehen wollen vom Schaden und sie wollte nun, da sie sich beruhigt hatte, das Ausmaß der Katastrophe noch einmal mit Fassung betrachten.

***

Elli nahm ein paar tiefe Atemzüge, bevor sie aus dem Wagen ausstieg. Kein Einsatzfahrzeug weit und breit, dafür eine Scheune, die nur noch ein Skelett ihrer selbst war. Direkt daran angrenzend lagen die Überreste ihres Geschäftes.

Das Feuer hatte übergegriffen, und zwar gnadenlos. Zerschmolzene Fensterläden zeugten von der Hitze, mit der die Flammen gewütet hatten. Die Holzregale im Verkaufsraum hatten sich zu Aschehaufen reduziert. Sämtliche Stücke der Keramikware waren auf dem Boden zerschellt und alles mit einer dicken Rußschicht überzogen.

Nathan beugte neugierig den Kopf zum Fenster hin.

Sie zog ihn an der Schulter zurück. »Sei bitte vorsichtig!«

Mit dem Handy fotografierte sie jede Ecke, so gut es ging. Da war wirklich nichts mehr zu retten. Sie wollte nicht wissen, was jetzt an Arbeit auf sie zukam.

Als die Sonne tiefer sank, stiegen sie wieder ins Auto und fuhren heim. Nathan verschwand zum Hausaufgaben erledigen und Elli sank frustriert auf die Couch.

»Nächste Woche wollte ich mir dort in der Nähe ein kleines Haus ansehen. Meine Ersparnisse hätten fast gereicht, es zu kaufen. Dann würden wir euch nicht mehr zu Last fallen.«

»Wie kommst du immer darauf«, fragte Lindsey, »dass du uns zur Last fällst?« Sie zog einen von Ellis Tellern aus dem Schrank und drapierte das Kürbisbrot darauf.

»Für euch mag das nicht schlimm sein. Ich würde meinen Kindern allerdings gern mehr bieten. Ich kann nicht mit ihnen hier wohnen bleiben, bis sie erwachsen sind.«

»Du könntest schon.« Lindsey stellte das Brot auf den Tisch, dazu die Kanne heißen Tee, die sie abgefüllt hatte. »Für uns bist du wirklich keine Last. Im Gegenteil: Wir sind froh, dass du den Schlussstrich mit Cliff vor zwei Jahren endgültig gezogen hast.« Sie hielt inne und wandte sich Elli zu. »Hast du doch, oder?«

»Definitiv!« Es kam von ganzem Herzen und ohne jedes Zögern. »Die Tage in New York haben mir ganz eindeutig gezeigt, dass das nicht der Mann ist, der gut für mich wäre.«

»Und dieser Tim? Danielle hat mir erzählt ...«

»Nein«, fuhr Elli dazwischen. »Lassen wir das Thema bitte.«

»Oha, was ist passiert?«

Elli schluckte schwer. Sie hatte noch niemandem von dem verpatzten Tag erzählt. »Ich stehe nicht auf vergebene Männer.«

»Ach Mist, echt jetzt? Nach allem, was Danielle erzählt hat, wirkte er total sympathisch?«

»Ja, das dachte ich auch. Aber es hat wohl nicht sein sollen. Und nun habe ich ganz andere Probleme.«

»Lass uns essen.«

Sie hatte den Satz kaum fertiggesprochen, da fuhr ein Pick-up vor, und kurz darauf betrat Danielle das Haus. In ihrer beigefarbenen Businessbluse und dem dunklen Blazer sah sie umwerfend aus. Die Kälte stand ihr von den wenigen Schritten zwischen Auto und Haus auf den Wangen und zauberte das hübsche Rosé darauf, das Elli so mochte. Lindsey erhielt zur Begrüßung einen innigen Kuss, sie selbst eine feste Umarmung.

Fünf Minuten später saßen sie gemeinsam am Küchentisch. Die herrlich süße Note des Brotes zerfloss zusammen mit salziger Butter in Ellis Mund und verteilte sich in ihrem Gaumen. Sie genoss jede Minute des Zusammenseins. Wie sehr sie das vermisst hatte. New York hatte seinen Charme, aber Familie eben auch. Sie liebte ihre Familie, und das schloss Danielle und Lindsey mit ein. Hier fühlte sie sich geborgen und glücklich.

Nach dem Essen brachte sie Nathan ins Bett, las noch ein Stück seines Lieblingsbuches mit ihm gemeinsam, dann ging sie zu Brooke und verharrte an deren Zimmertür. Aus dem Inneren drangen Brookes und Danielles Stimmen, leise, aber eindringlich. Sie verstand kein Wort, wollte die beiden allerdings auch nicht stören. Also schnappte sie kurzerhand ihren Laptop und kuschelte sich auf die Couch.

Ihr E-Mail-Postfach war gefüllt mit Mails: eine Handvoll Online-Bestellungen, zwei Anfragen für individuelle Anfertigungen, darüber hinaus Beileidsbekundungen von Menschen, die in den letzten Wochen bei ihr eingekauft und vom Brand gehört hatten. Wieder andere wollten wissen, ob sie ihre Bestellungen nun überhaupt pünktlich erhielten, und einige, was aus der Weihnachtsgala würde.

Tja, wenn ich das wüsste. Elli schloss einen Moment lang den Laptop und seufzte.

»Alles gut?« Lindsey setzte sich zu ihr und reichte ihr noch eine Tasse Tee.

Dankend nahm Elli sie entgegen und schlürfte einen Schluck. »Was mache ich jetzt? Die Gala steht in einer Woche an und die zwölf Bestellungen bis Weihnachten werden schwierig ohne Equipment.«

»Die Leute werden es verstehen, egal was du entscheidest.«

»Denkst du wirklich?«

Lindsey nickte. »Du kannst schließlich nichts dafür.«

Elli nahm noch einen Schluck. »Aber all diese Menschen und ihre Wünsche waren mir wichtig. Dieses Geschäft war mir wichtig.«

»Dann finden wir eine Lösung, wie du alles pünktlich bearbeiten kannst.«

»Von welchem Geld denn? Die Bank wird mir nichts geben, bis die Versicherungen den Fall geprüft haben.«

»Manchmal muss man eine Entscheidung nicht übers Knie brechen«, entgegnete Lindsey. »Vielleicht sieht die Welt morgen ganz anders aus. Lass uns noch einmal in Ruhe reden, wenn die Kinder aus dem Haus sind.«

Elli nickte und schob den Laptop auf den Beistelltisch. Einmal über alles Schlafen tat mit Sicherheit gut.

Von der Treppe her hörte sie Schritte. Brooke erschien, dicht gefolgt von Danielle. Elli konnte nicht sagen, welches der beiden Gesichter zerknirschter wirkte. Brooke sah aus, als wollte sie im nächstbesten Erdloch verschwinden, traute sich kaum, den Blick vom Boden zu nehmen. Danielle hingegen hatte die Brauen ärgerlich zusammengezogen und eine Hand auf die Schulter ihrer Nichte platziert, als müsste sie dafür sorgen, dass sie nicht weglief.

»Was ist los?«, fragte Elli und richtete sich auf.

Danielle führte Brooke zur Couch, drückte sie sanft, aber bestimmt in den Sitz und nahm neben ihr Platz. »Brooke möchte mit uns reden.«

»Will ich nicht«, knurrte Brooke und verschränkte die Arme vor der Brust.

Danielle sah sie an. »Doch, willst du. Deine Mutter wird ganz ruhig bleiben und wir unterhalten uns.«

Sofort war Elli in Habachtstellung. Wenn Danielle es auf diese Art anbahnte, gab es Probleme. »Mobben sie dich in der Schule? Bleibst du sitzen?« Sie holte kurz Luft, während ihr Kopf ratterte. »Bist du schwanger? Es gibt nichts, dass wir nicht hinkriegen.«

Brooke schüttelte den Kopf und presste die Arme immer heftiger vor ihren Bauch.

Danielle hatte die Hand noch immer nicht von deren Schulter genommen. »Ich gebe dir einen Anstoß, Brooke: Deine Jacke riecht nach Rauch, allerdings nicht wie Zigaretten. Ich habe Glutlöcher darin gefunden. Deine Haare riechen nicht besser und du siehst aus, als hättest du die halbe Nacht nicht geschlafen. Und Tante Lindsey hat mitbekommen, wie du dich reingeschlichen hast. Erzähl besser, was passiert ist, bevor es auf andere Weise ans Tageslicht tritt.«

In Ellis Kopf überschlugen sich Gedanken. Wie gelähmt saß sie auf der Couch, sah das Unheil kommen, konnte es aber nicht greifen.

Brookes Gesicht verkrampfte sich immer mehr, Tränen traten ihr in die Augen, die sie direkt wieder hochschniefte. »Ihr versteht gar nichts!«

»Dann erklär es uns.« Danielles Tonfall war scharf. Deutlich schärfer, als es Elli jemals zustande gebracht hatte.

»Brooke«, flehte sie ihre Tochter an, »bitte, rede mit uns.«

Ihre Tochter lugte in die Runde und versenkte ihren Blick wieder auf dem eigenen Schoß. »Da gibt es diese Jungs aus der Oberstufe.«

Elli konnte sich ausmalen, wen Brooke meinte, aber sie ließ ihrer Tochter Zeit. Sie wartete mit aller Engelsgeduld, die sie aufbringen konnte, auch wenn sie absolut sicher war, dass sie die Wahrheit nicht hören wollte.

Brooke presste die Worte zwischen ihren bebenden Lippen hervor. »Ich wollte unbedingt dazugehören, ihnen imponieren. Sie haben mich auf eine Nachttour mitgenommen, wie sie es nennen.« Sie sah in die Runde. »Nur ein paar Mülltonnen anzünden.«

Danielle atmete hörbar ein. »Und die standen zufällig in der Nähe der Scheune, die letzte Nacht gebrannt hat?«

»Nein!« Brookes Augen weiteten sich und sie schnappte nach Luft. »Nein! Ich schwöre!« Ihr Blick flog zu Elli, bohrte sich in sie hinein. Elli konnte ihre aufkommende Verzweiflung spüren, ihre nackte Angst. Dann sprudelten die Tränen. »Es ist alles meine Schuld! Wir haben Mülltonnen angezündet, dabei hab ich mir die Jacke versengt. Dann sollte ich Feuer in einem Stall legen, um mich als würdig zu erweisen. Da habe ich denen den Vogel gezeigt. Einen Stall! Dort waren Fohlen drin!« Sie schniefte und ein Schwall Tränen schüttelte sie. »So was mache ich nicht. Bin raus, hab ich gesagt und bin gegangen.« Wieder trieben die Tränen aus Brookes Augen heraus. Ihre Lippen zitterten und konnten die Worte immer undeutlicher formulieren. Das Gesicht war rot, die Lider verquollen. »Die haben mich verfolgt, mich dumm gemacht, sind neben mir hergefahren und haben an mir herumgezerrt.«

»Wieso hast du nicht angerufen?«

»Ich wollte die Polizei rufen. Das hab ich denen auch gesagt, dann sind sie abgehauen. Sie haben mir nachgerufen, dass sie ...« Einen Moment lang konnte Brooke vor Tränen kein Wort sprechen. »... dass sie ...«

Danielle strich ihr über den Rücken. »Sag es einfach, Schätzchen.«

»… mein Leben anzünden werden …«

»Was?« Elli sprang auf, eilte zu Brooke und schloss sie in die Arme.

»Ich hatte solche Angst, Mom.« Schluchzer durchzuckten Brookes Körper. »Und jetzt ist dein Laden kaputt. Das ist alles meine Schuld!«

»Hey, hey, hey«, fuhr Danielle dazwischen. »Das ist überhaupt nicht deine Schuld.«

»Doch. Und jetzt hasst ihr mich und ich muss sterben.« Immer weiter sank Brooke auf der Couch in sich zusammen. »Ich wollte das nicht. Wirklich!«

»Wir glauben dir«, sagte Elli und schloss ihre Tochter noch fester in ihre Arme. »Ich bin heilfroh, dass dir nichts passiert ist.«

»Das sagst du nur so.«

»Nein, mein Liebling.« Sie strich Brooke durch die Haare. »Ich bin sauer auf Kerle, die dich zu solchen Taten treiben, und sauer, dass du glaubst, solchen Menschen gefallen zu müssen. Und sauer auf mich, dass ich dir diesen Blödsinn vorgelebt habe.« Nun kamen auch ihr die Tränen. »Ich liebe dich, Brooke, und daran wird sich nie etwas ändern.«

»Mom.« Brooke warf sich an ihre Brust, vergrub den Kopf in ihrem Bauch und heulte wie ein Schlosshund.

Elli strich ihr über den Rücken und sah dabei zu Lindsey und Danielle. Die beiden hatten eine ernste Miene aufgesetzt. Elli las Mitgefühl und obendrein eine riesige Portion Ärger darin.

»Hör mal«, sagte Danielle, als Brookes Gefühlsausbruch abebbte. »Wir müssen der Polizei mitteilen, was du uns erzählt hast.«

»Was? Nein! Dann bringen die mich um oder zünden vielleicht noch das Haus hier an!«

»Keine Sorge, so dämlich sind die nicht. Die wären nämlich die ersten Verdächtigen dafür, wenn wirklich stimmt, was du sagst.«

»Ich kann das nicht.«

Elli hauchte ihr einen Kuss auf den Kopf. »Doch, kannst du. Wir helfen dir dabei. Morgen nach der Schule fahren wir aufs Polizeirevier.«

Brooke nickte, wirkte allerdings nicht überzeugt.

Elli half ihr von der Couch und brachte sie in ihr Zimmer. Die heillose Unordnung ignorierte sie und setzte sich zu Brooke aufs Bett. »Wir kriegen das zusammen hin. Das haben wir all die Jahre. Wir schaffen das auch jetzt.«

»Hast du jemals so einen Fehler gemacht, Mom?«

Elli schluckte. »Ja, habe ich.«

»Ist dabei ein Haus abgefackelt?«

»Nein, aber ich habe mich jahrelang wieder und wieder an einen Mann gehangen, der mir nicht gutgetan hat und für den ich mich verbogen habe, anstatt mich ordentlich um diejenigen zu kümmern, die mir die Liebe geschenkt hat.«

»Redest du von Dad?«

Elli nickte. »Es hat ganz schön lange gedauert zu verstehen, dass das ein Fehler war.«

»Ich hab dich lieb, Mom.«

»Ich dich auch. Und nun schlaf.« Sie legte sich dazu, streichelte Brookes Kopf und schlief schließlich neben ihrer Tochter ein.

Kapitel 8

Als Elli am nächsten Morgen die Füße aus dem Bett schob, fühlte sie sich wie gerädert. Die Sonne stand bereits am Himmel und strahlte auf den matschig nassen Hof. Die helle Scheibe würde es jetzt im Winter kaum über die Dächer schaffen.

Mit einem Morgenmantel über der Schulter schleppte sie sich ins Wohnzimmer.

»Guten Morgen!«, rief Lindsey ihr von der Küchenzeile entgegen. Ihre Hände waren in einem Teig versunken und ein paar belegte Bagels vom Frühstück der Kinder lagen ungeachtet auf einem Teller.

Elli setzte sich auf einen der Tresenhocker und griff nach einem Butterbagel. »Sind die Kinder schon weg?«

»Bereits seit zwei Stunden. Willkommen unter den Lebenden.« Lindsey schob ihr eine Tasse heißen Kaffee vor die Nase.

»Danke. So viel Hilfe habe ich von euch lange nicht mehr gebraucht.«

»Immer wieder gern.«

Der Anblick von Lindseys Backlust, die sie in Abständen überkam, erinnerte Elli an Tim. Der Kuss auf der Terrasse oberhalb der Bäume war erst ein paar Tage her und schwebte ihr noch immer durch den Kopf. Wie gern hätte sie ihm ihre Meinung gegeigt. Dann kam der

Anruf mit dem Brand. Wie viele Tage waren seither vergangen? Es fühlte sich wie ein Monat an, dabei war heute erst Freitag.

Lindsey musterte sie mit einem mitleidigen Blick, während sie den Teig weiterbearbeitete. »Wie fühlst du dich?«

»Kann ich schwer sagen. Ich ...«

Eine alte Beatles-Kamelle schallte wie aus dem Nichts durch die offene Küche. Lindsey ließ den Teig fallen, wusch ihre Hände und griff nach dem Handy. »Ja?«

Schweigend verfolgte Elli, wie Lindseys Augen größer wurden und sich ein Strahlen darin absetzte. Ihre Lippen zogen sich auseinander und die Grübchen wurden tiefer.

»Dann darf ich es ihr sagen?«, fragte sie ins Telefon.

Elli nahm einen Schluck Kaffee und hoffte, dass die Müdigkeit in ihren Knochen davon nachließ. Sie verfolgte, wie Lindsey auflegte, nur um kurz darauf einen Videoanruf entgegenzunehmen. Danielles Gesicht erschien auf dem Bildschirm, der sich in ihre Richtung wandte.

»Guten Morgen, Schwesterherz, gut geschlafen?«

Elli nickte und schlürfte Kaffee. Wenn ihre Schwester eine Idee hatte, endete das meist in irgendwelchen verrückten Aktionen.

Danielles Augen glänzten, als wäre morgen Weihnachten und sie erst fünf Jahre alt. »Hör zu Elli, ich war gerade bei der Bank und ...»

»Ich will kein Geld«, fuhr Elli dazwischen.

Danielle schüttelte den Kopf. »Kriegst du auch nicht. Lindsey und ich haben überlegt, wie wir dir helfen können.«

»Wir wissen schließlich«, ergänzte Lindsey, »wie wichtig dir diese Selbstständigkeit ist.«

»Richtig«, übernahm Danielle wieder. »Vater mag ein cholerischer Teufel gewesen sein, aber seine Meinung, dass wir Middletons uns von nichts aus der Bahn werfen lassen, ist einiges wert.«

Elli seufzte. Sie starrte einen Moment lang in ihren Kaffee und hob dann wieder den Blick. »Okay, was hast du dir ausgedacht?«

Die Freude in Danielles Gesicht wurde noch größer. Hoffentlich platzte sie nicht auseinander wie ein Luftballon.

»Ich habe mir einen Teil meiner Sparrücklagen von der Bank freigeben lassen. Davon möchten wir dir gern einen neuen Brennofen und eine Töpferscheibe vorschießen, damit du die Weihnachtsbestellungen noch fertig bekommst.«

»Das würdet ihr machen?« Elli klammerte sich an ihre Tasse. Ihr Blick huschte zwischen Lindsey und Danielle hin und her.

Die beiden grinsten wie kleine Kinder.

»Wo soll ich arbeiten?«

»Im alten Schuppen«, sagte Lindsey. »Den können wir nachher zusammen leerräumen. Das Gerümpel lagern wir solange um.«

Danielle nickte durch die Kamera. »Ton und Glasur holen wir auch noch. Und wenn du wirklich, wirklich, wirklich möchtest, stellen wir unsere Garage für die Gala zur Verfügung.«

»Ich weiß nicht ...« Elli kaute auf ihrer Unterlippe herum.

»Du bist wie immer zu bescheiden, Schwesterherz. Lass uns helfen, bitte. Du wolltest die Gala nutzen, um neue Geschäftspartner für dich zu gewinnen. Das kannst du immer noch. Und um Spenden bitten zusätzlich. Lindsey hat da ein paar tolle Ideen.«

Lindsey nickte und warf Elli einen Blick zu, der kaum ein Nein zuließ, jedenfalls nicht in Ellis Welt.

Sie atmete aus. »Na gut. Ich bin dabei, was die Bestellungen angeht. Bei der Gala bin ich skeptisch. Wie soll das laufen? Was kann ich ausstellen? Tonstücke brauchen Zeit zum Trocknen und Brennen. Das geht nicht von heute auf morgen.«

»Du hast jede Menge Stücke, die du ausstellen kannst.«

»Hä? Wo?«

Lindsey griff ihr Kinn und führte ihren Blick durch den Raum. »Schau genau hin.«

Zuerst verstand Elli nicht, dann sickerte die Erkenntnis in ihr Hirn. Ein Lächeln stahl sich auf ihre Lippen.

»Bis später«, flüsterte Danielle in die Kamera und blickte über die Schulter nach hinten. »Muss weiterarbeiten.« Der Bildschirm wurde schwarz.

Ellis Blick hing noch immer an den Keramikarbeiten, die sich seit einem guten Jahrzehnt aus ihren Hobbyzeiten in Danielles und Lindseys Haus angesammelt hatten. Der Anblick war derart gewohnt, dass sie es nicht mehr für voll nahm. Hier standen Vasen, Schüsseln, Tassen und Teller. Sogar das Windspiel vor der Haustür war eines ihrer Produkte. Das reichte locker, um eine fähige Ausstellung auf die Beine zu stellen.

»Ihr seid wunderbar«, hauchte sie.

Mit einer gefüllten Kaffeetasse ging sie kurz darauf zur Couch, zog den Laptop auf ihren Schoß und begann, ihre E-Mails zu beantworten. Es fühlte sich gut und richtig an, den Menschen ihre Bestellungen zu bestätigen, sie zu beruhigen und einen neuen Veranstaltungsort für die Gala mitzuteilen. Außerdem setzte sie ihn gut sichtbar auf ihre Homepage.

Sie gewann Zuversicht, alles meistern zu können, selbst wenn das etliche Nachtschichten bedeuten würde. Danach orderte sie frischen Ton und Glasur sowie mit Lindseys Kreditkarte einen Brennofen und eine Drehscheibe. Mit der Expresslieferung konnte sie mit Glück morgen starten. Sie zeichnete mit neuer Motivation ein paar Entwürfe, die sie einer Kundin versprochen hatte, und verschickte sie. Dann sichtete sie die Garage und überlegte zusammen mit Lindsey, wie sie den Raum ausgestalten konnte, damit es nicht wie eine Abstellhalle, sondern wie ein Veranstaltungsraum wirkte.

»Entschuldige die Unordnung«, sagte Lindsey zum wiederholten Mal. »Das räumen wir alles woanders hin.«

»Wir haben eine Woche Zeit. Das schaffen wir.« Elli fühlte sich immer besser. Erstmals griff der Wille nach ihr, es schaffen zu wollen.

Wieder füllte ein Klingelton den Raum. Diesmal war es ihr eigenes Handy. Elli kramte es aus der Hosentasche und wischte mit steigender Aufregung den grünen Hörer zur Seite. »Officer?«

»Miss Middleton, gut, dass ich Sie erreiche. Es geht um Ihre Tochter Brooke.«

»Was ist passiert?«

»Sie war in eine Schlägerei in der Schule verwickelt. Können Sie bitte aufs Revier kommen?«

***

Als Elli die Polizeiwache betrat, sah sie eine Gruppe von drei Jungen, einer davon Damian Barrow, die Haare gegelt, mit verschränkten Armen und einem überheblichen Blick, den sie ihm am liebsten aus dem Gesicht geschlagen hätte. Daneben zwei Jungs, die wie ein Häufchen Elend auf ihren Stühlen saßen. Wahrscheinlich warteten sie auf ihre Eltern. Ein paar Plätze abseits saß ein weiterer Teenager im gleichen Alter, dessen Eltern bereits hier waren. Es schien, als schirmten sie ihn von den anderen ab.

Ein paar Stühle weiter fand sie Brooke neben einem Polizisten.

»Brooke!« Elli eilte auf ihre Tochter zu und schloss sie fest in die Arme. »Wie geht es dir?«

»Geht schon«, nuschelte sie in Ellis Schulter hinein.

Mit gerunzelter Stirn betrachtete sie ihre Tochter. »Daran glaube ich nicht recht.« Vorsichtig betastete sie die geschwollene Wange und den Bluterguss an der Lippe. »Was ist passiert?«

»Das war alles Damians Schuld. Er ist ein Mistkerl!«

»Ist das einer der Jungs, die ...«

»Ja«, unterbrach Brooke. »Ich habe der Polizei alles erzählt.«

Der Officer erschien. »Miss Middleton? Gut, dass Sie da sind. Ich muss Ihnen noch ein paar Fragen stellen. Kommen Sie.«

Elli griff Brookes Hand und nahm sie mit sich. Keinesfalls würde ihre Tochter hier allein sitzen bleiben.

Im Büro des Officers nahm sie vor dem Massivholzschreibtisch Platz.

»Miss Middleton, ihre Tochter hat eine umfassende Aussage getätigt, auch zu den Vorgängen in der Brandnacht. Ich werde Ihnen alles vorlesen, im Anschluss müssen Sie als Sorgeberechtigte unterschreiben. Gleich zu Beginn weise ich Sie darauf hin, dass sich Ihre Tochter, Brooke Middleton, in einigen Punkten selbst belastet hat.«

Ellis Herz klopfte und ihr Magen war flau, während der Officer die Aussage vorlas. Sie hatte alle Mühe, nicht die Nerven zu verlieren.

Bleib stark! Brooke braucht dich jetzt. An diesem Gedanken klammerte sie sich eisern fest. Die Selbstanzeige betraf ein paar angebrannte Mülltonnen, die keine weiteren Schäden verursacht hatten. Die Fremdanzeige ging gegen Damian Barrow, den verzogenen Sohn des örtlichen Immobilienmoguls, und seine Clique. Einer der Jugendlichen hatte ausgepackt und alles erzählt. Es wunderte Elli nicht. Barrow Senior war zu Schulzeiten keinen Deut besser gewesen.

»Heute in der Schule«, las der Officer den Bericht von Brooke weiter vor, »hat mir Damian ein Häufchen Asche vor meinen Augen auf den Tisch gelegt und gesagt: ›Dein Haus ist das nächste‹.«

»Er hat was?« Elli war völlig außer sich. »Officer! Ich gehe davon aus, dass Sie etwas dagegen unternehmen werden.«

Der Officer blickte von seinem Bildschirm auf. »Miss Middleton. Seien Sie versichert, dass wir den Fall ein gehend prüfen und der Staatsanwaltschaft vorlegen. Ich lese zu Ende vor, dann überlegen wir, wie wir weiter vorgehen.«

Elli nickte und der Officer fuhr mit Brookes Aussage fort. »Daraufhin war ich mir sicher, dass er die Scheune und den Laden meiner Mutter angezündet hat. Ich wollte ihn zur Rede stellen. Er hat überheblich gegrinst und gemeint, wer sich mit ihm anlegt, zahlt dafür. Dann bin ich ausgerastet und auf ihn losgegangen. Er war stärker, hat mich an der Wange mit der Faust getroffen. Die Lehrer haben uns voneinander getrennt und, nachdem ich erzählt habe, was Damian gesagt hat, die Polizei gerufen.«

Unter dem Tisch griff Elli nach Brookes Hand. Deren Finger waren eiskalt und die Gefühle hüpften ähnlich intensiv hin und her wie Ellis. Sie spürte es. Irgendwo zwischen Hilflosigkeit, Wut, Überforderung und dem Wunsch nach Gerechtigkeit. »Und nun?«, fragte sie, während sie mit der freien Hand auf einem Pad eine digitale Unterschrift unter das Formular zur Aussage setzte.

»Nun nehmen wir die Aussagen der anderen Jungen auf. Da einer von ihnen vorhin ein umfassendes Geständnis abgelegt hat, dass sich mit den Angaben Ihrer Tochter deckt, wird der Fall wohl recht eindeutig ausfallen. Aber darüber bestimmen am Ende nicht wir.« Sein Blick ging zu Brooke. »Auch ein paar Mülltonnen anzuzünden oder auf jemanden loszugehen, sind Straftaten, junge Dame. Du bist vierzehn und damit strafmündig. Stell dich auf Sozialstunden ein.«

Brooke deutete ein Nicken an und presste ihre Hand in Ellis hinein.

Vor dem Büro des Officers wurde es laut. »... werde jetzt reingehen«, donnerte jemand im Näherkommen und riss die Tür zum Büro auf.

»Mister Barrow«, sagte der Officer. »Dies ist mein Büro und ich entscheide, wer hier wann eintreten darf.«

»Und dieses Gebäude steht auf meinem Grund und Boden. Ich gehe davon aus, dass das heute noch etwas wert ist. Ich bin hier wegen der Anzeige, die Sie gegen meinen Sohn zu stellen gedenken.« Er trat auf bedrohliche Weise an den Schreibtisch heran, sodass Brooke von ihrem Stuhl aufsprang und hinter den von Elli flüchtete.

Elli verfolgte, wie sich Mister Barrow mit selbstgefälliger Miene neben sie setzte und ihr die Hand entgegenstreckte. »Miss Middleton, richtig? Ich möchte mich entschuldigen für den Schaden, der an Ihrem Laden entstanden ist, durch den ... Streich eines heranwachsenden Jugendlichen.«

Einen Moment lang war Elli versucht, aus Freundlichkeit heraus den Händedruck zu erwidern. Doch sie presste die Hände in ihre Handtasche und setzte sich aufrecht hin. Es war Schluss mit der Rumschubserei, endgültig! Sie hatte die Nase satt von der Sorte Männer, die ihr erklären wollten, wo sie ihnen dankbar sein durfte und was zu verzeihen war. »Mister Barrow, richtig? Wenn Sie mich fragen, war das kein dummer Streich, sondern eine vorsätzliche Handlung, die am Folgetag sogar in eine Morddrohung umgeschlagen ist.«

»Also ich bitte Sie!« Ein hässlicher Lacher entfuhr ihm, der seine schmalen, aber verspannten Schultern unter dem vornehmen Anzug zum Beben brachte. »Mein Sohn würde keine Morddrohungen aussprechen. Niemals.«

»Meine Tochter lügt nicht!«

»Ihre Tochter.« Sein abschätziger Blick ging zu Brooke, deren klamme Hände sich um Ellis Arm krallten.

»Ja, meine Tochter!« Elli stand auf, damit sie ihn überragte.

»Was halten Sie davon?«, fragte er und zog ein Scheckheft aus der Tasche. »Ich werde Ihnen den kompletten Schaden ersetzen. Wie viel wollen Sie? Hunderttausend? Das dürfte genügen, einen neuen Laden aufzubauen. Dafür sparen Sie sich eine Anzeige und nehmen Ihre Verleumdungen zurück.«

Elli klappte das Kinn nach unten. Das meinte er doch nicht ernst? Sie stemmte die Fäuste in die Hüften. »Mister Barrow, meine Tochter verleumdet niemanden. Sie sagt die Wahrheit. Und Ihrem Sohn schadet es mit Sicherheit nicht, sich den Konsequenzen zu stellen, wenn er Mist baut. Er hat meiner Tochter gedroht. Mit den Worten: ›Du bist die Nächste‹. Und den Brand eingeräumt.«

»Jungs in dem Alter.« Ein Lacher schüttelte seinen Oberkörper. »Sie wissen doch, wie das ist.«

Nun war es der Officer, der von seinem Platz aufstand. »Mister Barrow, ich bitte Sie noch einmal, mein Büro umgehend zu verlassen. Die Anzeigen sind gestellt und Miss Middleton hat deutlich zu verstehen gegeben, dass sie diese nicht zurückziehen wird. Um den Rest kümmert sich die Staatsanwaltschaft. Die Versicherungen erhalten Kenntnis vom Ermittlungsstand und werden Ersatzansprüche prüfen.« Seine Hand wies in Richtung Ausgang.

Mit dem Zorn zwischen den Augen erhob sich Mister Barrow, zerriss den Scheck und baute sich vor Elli auf. Er schob seinen Finger auf ihre Nasenspitze zu, hielt aber in ausreichender Entfernung an. Kurz starrte er sie an. Sie starrte zurück, versuchte, sich nicht einschüchtern zu lassen, und reckte ihm das Kinn entgegen.

Ohne ein weiteres Wort stiefelte er nach draußen und nahm nach einer kurzen, wütenden Szene seinen Sohn mit aus dem Revier. Wie er Damian am Ohr mit sich schleifte, tat Elli fast leid.

»Mom!« Brooke warf sich mit einer Umarmung um sie.

»Hey, meine Maus. Es wird alles gut.« Sie drückte Brooke an sich und dankte dem Officer mit einem Blick für seinen Beistand.

Er griff an seine Hutkrempe und machte ein paar weitere Vermerke im Computer. »Ma'am, wenn noch irgendetwas sein sollte, melden Sie sich. Sie dürfen Ihre Tochter jetzt mit nach Hause nehmen.«

»Danke, Sir.«

Kurz darauf stand sie mit Brooke vor der Wache. Seite an Seite gingen sie zu Lindsey, die geduldig an ihrem Auto wartete.

»Mom, wären hunderttausend Euro nicht echt viel gewesen?«

Elli blieb stehen und musterte ihre Tochter. »Ja und nein. Es ist reichlich Geld, aber hättest du dich damit besser gefühlt? Nein, es ist nämlich dreckiges Geld. Davon will ich nicht abhängig sein.« Sie holte tief Luft.

»Und es ist nicht im Ansatz so viel wert wie du und deine Gesundheit oder unsere Ehre.«

»Der Alte hat übelst gute Anwälte. Die werden Damian ohne große Strafe raushauen.«

»Das ist mir egal.«

»Und wenn die Versicherungen dann weniger zahlen?«

Elli nahm Brooke an der Schulter. »Dann ist mir auch das egal. Wir sind nicht davon abhängig. Wir schaffen das zur Not anders.«

Ihre Tochter nickte und gemeinsam stiegen sie wieder in den Wagen.

***

Zu Hause angekommen, waren Nathan und Danielle dabei, den Grill im Garten aufzustellen. »Wir dachten, wir gönnen uns heute mal was.«

Brooke erhielt eine feste Umarmung von jedem. Sie nahm sie dankend entgegen; Elli erkannte es an ihrem erleichterten Gesicht. All der pubertäre Trotz war zumindest für heute daraus entwichen und hatte den hübschen, weichen Gesichtszügen Platz gemacht, die sie an ihrer Tochter liebte.

Als alle gemütlich in dicke Jacken und Schals gewickelt und mit Decken über den Beinen am Tisch saßen, zupfte Nathan Brooke am Ärmel. »Hast du wirklich Damian verprügelt?«

Sie nickte.

»Du bist genial! Er ist ein Rüpel und hat letzte Woche Jungs aus meiner Schule das Taschengeld weggenommen.«

Ein zartes Lächeln stahl sich auf Brookes Wangen. »Das lassen wir uns ab jetzt nicht mehr gefallen.«

»Allerdings ist Zuschlagen nicht die beste Lösung«, warf Danielle dazwischen. »Wir wollen ja nicht auf dieses Niveau absinken.«

Elli nickte der elterlichen Form halber, auch wenn sie sich heute in dieser einen speziellen Situation nicht sicher war, ob sie zustimmte. Sie lehnte sich in ihrem Stuhl zurück, ein kaltes Bier zwischen den Händen und schloss die Augen. Das rauchige Aroma des Grills ließ ihren Magen grummeln und der eiskalte Winterwind lag auf ihren Wangen. Die letzten Sonnenstrahlen wärmten ihr Gesicht und weckten erneut Erinnerungen an New York, die Hitze auf ihren Lippen, das Glücksgefühl. Dann fiel ihr der Anruf ein, den Tim erhalten hatte, und das wohlige Kribbeln verwandelte sich in einen dicken Klumpen.

Entnervt öffnete sie die Augen und trank einen Schluck aus ihrer Flasche.

Danielle öffnete eine Packung Spareribs und platzierte sie über dem Feuer. Dazu Chicken Wings und Garlicbread. Der würzige Duft zog in ihre Nase. Auf dem Tisch standen Schüsseln, die sie getöpfert hatte, und darin häuften sich Salate bis zum Rand. Lindsey hatte es wie so oft wirklich gut gemeint. Davon würde eine Kompanie satt.

Aus der Ferne näherten sich Motorengeräusche. In der Einfahrt hielten sie an.

Irritiert blickte Elli sich um und erschrak, als sie sah, wer aus dem Auto ausstieg. Nahm das denn gar kein Ende? Hatte sie in den letzten Tagen nicht genug erlitten?

Sie stellte die Flasche auf den Tisch und suchte Danielles Blick. Die zog die Brauen hoch, als sie Ellis offensichtlich zerknitterten Blick bemerkte und kam zu ihr.

Elli stand auf und flüsterte Danielle ins Ohr: »Das ist Tim.«

Die Augen ihrer Schwester weiteten sich, dann hakte sie sich bei Elli unter. Gemeinsam gingen sie Tim entgegen, begleitet von den neugierigen Blicken der Kinder und Lindsey.

Tim kam um den Wagen herum. Er hielt ein rotes Etui in der Hand, dass er Elli entgegenstreckte.

»Hier. Das hat gestern ein Mitarbeiter einer Boutique ins Hotel gebracht. Sie haben es unter einer Kleiderstange gefunden und dachten, du bist noch im Hotel.«

Elli verschränkte die Arme vor der Brust. »Die hätten mich anrufen können.«

»Der Mann sagte, er habe deine Nummer verlegt, dafür hatte er sich gemerkt, dass du vom *Hazel Inn* gesprochen hast. Meine Mutter hat ihm versichert, dir das Etui zukommen zu lassen.« Tim fuhr sich durch die Haare. »Und ich dachte, es wäre eine gute Gelegenheit, noch mal mit dir zu reden.«

»Wieso sollte ich dir zuhören wollen?« Elli hatte die Nase gestrichen voll von allem. Möglich, dass Tim eine Portion Gefühle abbekam, die nicht ausschließlich ihm galten, aber sie hatte keine Lust mehr auf falsche Tänzchen.

Tim hob beschwichtigend die Hände. »Ich würde gern verstehen, was plötzlich zwischen uns schief gegangen ist.«

»Was schief gegangen ist?«, giftete Elli ihn an. »Von

wegen, du hast lange keine Frau da hochgeschleppt. Ich glaube dir kein Wort.«

»Was?« Tims Mimik fiel in sich zusammen. »Wie kommst du denn darauf?«

»*Ja, Schatz*«, äffte sie ihn nach.

Tim sank gegen seinen Wagen und die Schultern sackten nach unten. Seine Augen glänzten, als müsste er Gefühle zurückhalten. »Oh Gott. Jetzt verstehe ich es. Darf ich mich erklären?«

Ellis Kopf rauchte vor Wut. Sie wollte ihm ein deftiges *Nein* entgegenschmettern, aber Danielle drückte ihren Arm. Widerwillig nickte sie.

»Ich habe nicht alles von mir erzählt, das stimmt.« Er schluckte. »Du musst wissen, dass meine Frau schon lange tot ist. Sie starb vor sieben Jahren an Krebs. Aber sie hat mir ein Geschenk hinterlassen: meine Tochter. Sie ist mein ein und alles, mein *Schatz*.«

Tim ging um den Wagen herum zur straßenseitig gelegenen Hintertür und öffnete sie. Von ihrem Standort aus hatte Elli durch die verdunkelten Scheiben nicht gesehen, dass da noch jemand saß.

»Darf ich vorstellen?«, sagte Tim. »Das ist Ginny. Sie wollte unbedingt mit herkommen.«

Ein Mädchen in Brookes Alter stieg aus dem Auto: kurze schwarze Haare, schwarzer Nagellack, rebellischer Blick. Sie ging um das Auto herum und streckte Elli die Hand entgegen. »Hi, ich bin Ginny. Du musst Elli sein. Mein Dad schwärmt seit Tagen von dir. Das nervt echt!«

Tim senkte verlegen den Kopf, während Danielle von Elli abließ und stattdessen Ginny begrüßte. »Schön, dich kennenzulernen. Darf ich dir die anderen vorstellen? Und Hunger hast du bestimmt auch.« Sie zog Ginny mit sich und ließ Elli allein mit Tim am Auto zurück.

Elli wollte vor Scham im Erdboden versinken. Sie starrte auf die Pflastersteine der Einfahrt – unfähig, ein Wort zu sagen.

Schuhe scharrten über den Boden. Kurz darauf stand Tim wieder am Beifahrerfenster und lehnte sich gegen sein Auto. »Du hast also auch Kinder?«

Seine offene, neugierige Frage trieb ihr eine Träne auf die Wange. »Ich bin so dämlich.« Sie hob den Blick und verlor sich erneut in dem braunen Sog seiner Augen. »Das ist mir unendlich peinlich.«

»Ich hätte dir von Ginny erzählen sollen.« Verlegen strich er sich über den Nacken. »Weißt du, meine letzten Dates endeten stets in einem abrupten Ende, als ich Ginny erwähnt habe. Wenn ich gewusst hätte, dass du auch ...«

Elli blickte über die Schulter auf Nathan und Brooke, die angeregt mit Ginny in ein Gespräch verfallen waren.

»Ich habe meine Familie genauso wenig erwähnt wie du deine.«

»Schätze, wir haben uns beide nicht gerade clever angestellt.«

»Nein, das war kein Meisterwerk.«

Er lachte. »Nein, war es nicht.«

»Seid ihr zwei jetzt fertig?«, rief Ginny die Einfahrt herunter. »Wir wollen essen.«

»Ginny!«

Elli legte Tim eine Hand auf den Unterarm. »Lass sie. Ich mag ihre direkte, lockere Art. Ihr bleibt doch zum Abendessen, oder?«

»Wir wollen auf gar keinen Fall zur Last fallen.«

»Tut ihr nicht«, entgegnete Elli mit einem Lächeln, während sie Danielle zusätzliches Brot und Butter durch das Fenster reichen sah. »Wenn du nicht willst, dass meine Schwester beleidigt ist, bleibt ihr lieber.«

***

»War das lecker«, sagte Elli und sah zu Tim, der mit Lindsey in ein angeregtes Gespräch über Kürbisbrot versunken war. Seine Augen glänzten im Eifer der Beratung, welche Gewürze am besten den Geschmack transportierten.

»Er ist wirklich sympathisch«, raunte Danielle in ihr Ohr, als sie sich zum Tisch beugte, um die ersten Teller abzuräumen.

Wieder fiel ihr Blick auf ihn, auf die zarten Lachfältchen um seine Augen, die wuscheligen Haare und das hinreißend weiche Lächeln. Starrte sie ihn gerade schamlos an?

»Hey Mom, können Ginny und ich noch auf mein Zimmer gehen?« Die beiden Mädchen hatten rote Wangen von der Kälte und den ganzen Abend über Bands gesprochen, die Elli zeigten, wie alt sie war. Sie kannte nicht eine davon, geschweige denn deren Musik.

»Klar, wenn Ginnys Vater nichts dagegen hat.«

»Dad?«

Tim hatte alle Mühe, sich aus seinem Gespräch loszureißen und zu verstehen, worum es ging. Mit gerunzelter Stirn blickte er auf die Uhr. »Ich weiß nicht, Ginny. Es ist ein ganz schönes Stück bis heim.«

»Oh, bitte!«

Ein hörbarer Seufzer entfuhr Tim. »Die haben glatte Straßen angesagt heute Nacht.«

»Dann könnt ihr sowieso nicht heim«, klinkte sich Danielle ein. »Auf keinen Fall. Bleibt hier. Wir haben genug Platz.«

»Nein, das Angebot kann ich nicht annehmen.«

»Ich schon«, sagte Ginny und verschwand mit Brooke im Haus.

Tim blieb allein zurück. Den Blick, mit dem er ihr nachsah, kannte Elli zu gut. Auf die Art starrte sie Brooke auch regelmäßig hinterher.

»Es ist wirklich in Ordnung, wenn ihr bleibt«, sagte sie und nahm eine Schüssel vom Tisch. »Brooke würde sich freuen ... und ich auch.« Uff, hatte sie das wirklich gesagt?

Ihr Magen flatterte, als er sie eingehend betrachtete. »Bist du sicher?«

Sie nickte. »Brooke hatte lange niemanden, mit dem sie sich auf Anhieb verstanden hat.«

»Also machst du das für Brooke?«

Ihr Herz raste und ihr Mund wurde ganz trocken. »Nicht nur.«

Sein Blick hing auf ihr und nahm sie gefangen. »Dann ...« Er schluckte. »Dann bleiben wir natürlich gern.«

»Ich bereite euch Betten vor«, sagte Elli dankbar darüber, eine Aufgabe zu haben und dieser seltsamen Situation zu entkommen. Ihr war es immer noch unendlich peinlich, wie sie mit Tim umgegangen war. Vielleicht fand sich eine Möglichkeit, noch einmal in Ruhe mit ihm zu reden. Morgen oder so.

»Warte noch«, sagte er. »Ich habe da etwas, dass ich dir unbedingt zurückgeben wollte.« Er ging zum Auto und öffnete den Kofferraum.

Elli hatte keine Ahnung, was er meinte. Als er ein Paar Schlittschuhe zutage beförderte, stutzte sie zuerst, dann fiel es ihr wie Schuppen von den Augen.

»Das waren deine, oder?«

»Ja«, sagte sie und nahm das Paar entgegen.

»Preston schickt dir schöne Grüße. Er meinte, ich solle dich einen der Schuhe anprobieren lassen, vielleicht seist du ja Cinderella.«

»Wohl eher Aschenputtel«, entgegnete Elli.

»Wie meinst du das?«

Elli lächelte. »Aschenputtel ist die europäische Version von Cinderella. Meine Urgroßmutter hat uns immer ein Märchen aus dem neunzehnten Jahrhundert dazu vorgelesen. Darin gibt es keine Fee, dafür magische Haselnüsse.«

»Ach ehrlich? Davon musst du mir unbedingt mehr erzählen.«

»Ich lese es dir gern bei Gelegenheit vor.«

Gemeinsam gingen sie ins Haus. Elli holte Bettzeug aus einer Kammer und bespannte mit Tim zwei Decken und Kissen.

Elli reichte ihm ein großes Laken für die Couch. »Sag mal, woher wusstest du, dass ich hier bin?«

»Die Adresse steht auf deinem Führerschein. Da dachte ich, ich versuche mein Glück.«

»Danke.« Sie zog das Laken mit ihm gemeinsam auf und sank schließlich auf die Couchpolster. »Ich meine es wirklich ernst: Danke, dass du hergekommen bist.«

Er nahm neben ihr Platz. »Das wirkte anfangs anders.«

»Ich weiß. Deswegen bin ich froh, dass du das Gespräch gesucht hast. Ich habe dir echt Unrecht getan und fühle mich total dämlich.«

»Passiert das nicht jedem mal?«

»Wann ist dir denn etwas derart Peinliches im Leben passiert?«

Tim lachte. »Schon ungefähr tausend Mal. Weißt du, welche Überwindung es mich gekostet hat, herzukommen? Ginny hat mich genötigt. Sie hatte es satt, dass ich ständig von dir rede und nicht verstehe, was passiert ist. Ich wurde von ihr förmlich gezwungen, die Chance zu nutzen.«

Sie sah ihm in die Augen. »Dann sollten wir ihr dankbar sein.«

Er nickte und beugte sich näher. Ihre Lippen berührten sich und eine Gefühlswelle explodierte in Ellis Magen, zog sich durch ihren gesamten Körper und hüllte sie ein.

Erschrocken ließ sie ab. »Entschuldige. Es war turbulent die letzten Tage. Ich weiß nicht recht, wo mir der Kopf steht.«

»Möchtest du darüber reden?«

»Vielleicht morgen.«

»Kein Problem«, sagte er und grinste. »Da bin ich noch da.« Er nahm ihre Hand und hauchte ihr einen Kuss auf die Wange. »Bis morgen, Elli. Schlaf gut.« Dann stand er auf und verschwand im Badezimmer.

Mit klopfendem Herzen erhob sie sich von der Couch und ging eine Etage tiefer zu Nathan. Die Uhr zeigte mittlerweile weit nach neun, und aus Brookes Zimmer schallte Musik in gerade noch angemessener Lautstärke.

Nathan lag bereits im Bett.

Danielle setzte sich zu ihm auf die Bettkante und gab ihm einen Kuss auf die Stirn. »Schlaf gut.«

»Du auch, Mom.« Er kuschelte sich in die Decke ein, während Elli ihm über den Kopf strich. »Tim ist echt nett«, murmelte er und schloss die Augen.

»Das finde ich auch«, sagte sie und streichelte Nathans Rücken, bis er eingeschlafen war.

Danach mahnte sie die Mädchen zur Nachtruhe und ging wieder hinauf.

Tim lag auf der Couch, den Blick auf sein Handy gerichtet. Eine knarzende Stufe ließ ihn aufblicken.

»Ich bin's nur.«

Seine Zähne blitzten in der Dunkelheit auf. »Schleichst du dich zu mir?«

Elli musste lachen. »Vielleicht. Ob die Mädels heute Nacht überhaupt schlafen werden?«

»Irgendwann fallen sie um.«

»Sicher?«

»Ja, Ginny kennt das von daheim. Wenn sie abends die Bude wachhält, muss sie damit leben, dass ich sie früh morgens aus dem Bett hole. Und mein Tag beginnt echt zeitig.«

»Das klingt hart.«

Er lächelte. »Ich bin kein Unmensch, versprochen.
Wenn in einer halben Stunde keine Ruhe einkehrt,
sehe ich nochmals nach den beiden.«

»Danke, schlaf gut.«

»Du auch.«

Kapitel 9

Gut erholt erwachte Elli am nächsten Morgen. Die Wintersonne hatte es noch nicht über den Horizont geschafft und das Haus klang wie ausgestorben. Neben ihr auf dem Nachtschrank lag der Haselzweig mit der letzten verbleibenden Nuss. Seit ihrer Rückkehr wartete er dort, und irgendwie war es ihr am Vorabend unpassend erschienen, ihn wegzuräumen. Mehrfach hatte sie überlegt, die Nuss einfach wegzuschmeißen. Sie brachte es nicht übers Herz. Der Zauber, den sie damit erlebt hatte, saß in ihrem Kopf und klammerte sich dort hartnäckig fest.

Sie schlüpfte in bequeme Leggings, zog einen warmen Pulli an und ging ins Bad. Auf dem Rückweg bemerkte sie die leere Couch im Wohnzimmer. Das Bettzeug lag sauber gefaltet darauf.

Ein Stich durchzuckte sie. War er wirklich weg? Ohne sich zu verabschieden?

Unwillkürlich beschleunigten sich ihre Schritte. Die Küche und das Wohnzimmer waren leer, seine Jacke und die Schuhe verschwunden.

Der Türknauf drehte sich und Tim kam mit geröteten Wangen von draußen herein.

Elli entließ die angehaltene Luft aus ihren Lungen. »So früh schon wach?«

»Immer«, entgegnete er. »Meine innere Uhr ist ein eiserner Gegner.« Er legte Jacke und Mütze zur Seite und ging an ihr vorbei in die Küche. Die Kälte, die Tim mitbrachte, streichelte ihre Wangen und belebte sie. »Ich war so frei, einen frischen Weißbrotteig zuzubereiten.«

Jetzt erst nahm sie den zugedeckten Teig auf der Küchenanrichte wahr. »Herrje, wann schmeißt deine innere Uhr dich denn aus dem Bett?«

»Zwischen fünf und sechs Uhr.«

Elli verzog das Gesicht. »Das klingt schrecklich.« Sie setzte sich an den Küchentresen und beobachtete ihn dabei, wie er den Teig mit geschickten Handgriffen zu einem wohlgeformten Brotlaib verarbeitete. Kurz darauf verschwand dieser im vorgeheizten Backofen. Der Duft war intensiv, nach und nach kamen alle aus ihren Zimmern und eine gute Stunde später saßen sie gemeinsam am Tisch.

Das Essen verlief ungewohnt harmonisch. Sogar Brooke wirkte gelöst wie lange nicht mehr.

Schließlich rückte der Moment, an dem Tim und Ginny heimfahren würden, näher. Elli versuchte, die Gedanken daran wegzuschieben und sich darüber klar zu werden, wie sie sich verabschieden wollte. Eine Umarmung? Ein Kuss? Sie erwischte sich dabei, wie sie Tim nervös aus dem Weg ging, gleichzeitig immer wieder nach ihm sah, wenn sie sich unbeobachtet fühlte.

Nun spielte er mit Nathan vor dem Haus eine Runde Basketball, wobei Ellis Sohn die deutlich bessere Figur machte, wie sie durch das Fenster gut beobachten konnte.

»Wirst du ihn nach seiner Nummer fragen?«

Elli zuckte zusammen. »Musst du dich anschleichen?«

Danielle grinste. »Was kann ich dafür, dass du dich in ihm verlierst?«

Als wäre sie bei einer unerlaubten Sache ertappt worden, trat Elli einen Schritt vom Fenster zurück und sah ihre Schwester erschrocken an. »Ist es so offensichtlich?«

»Ganz ehrlich? Ja! Aber weißt du was? Du hattest lange kein verliebtes Strahlen in den Augen.«

Elli seufzte. »Was, wenn Nathan und Brooke damit nicht gut klarkommen?«

»Ist das dein Ernst? Nutz die beiden nicht als Ausrede für deine Angst!«

Draußen jubelte Nathan laut los, nachdem er einen Korb erzielt hatte. Wie ein Sieger rannte er eine Runde. Aus dem Keller ertönte Teenager-Gekicher.

»Wenn du dich nicht traust«, ergänzte ihre Schwester und knuffte sie in die Schulter, »kannst du ihm deine Nummer in seine Jackentasche stecken.«

»Ich bin kein Teenie mehr!«

»Na siehst du, dann trau dich.«

»Du hast recht.« Elli atmete tief durch, sammelte sich und holte ihre Jacke.

Als sie die Tür öffnete, prallte sie in Tim hinein. Sein ernster Gesichtsausdruck würfelte die zurechtgelegten Worte in ihrem Kopf durcheinander.

»Ginny!«, rief er durch das Haus. »Wir müssen los.«

»Was ist passiert?«, fragte Elli.

»Entschuldige bitte vielmals, wenn wir jetzt übereilt losdüsen. Eben hat sich die Nachmittagsschicht für die Bäckerei krankgemeldet und ich finde keinen Ersatz.«

»Selbst und ständig, was?«, entgegnete Elli, die das Gefühl nur zu gut kannte.

Tim nickte. »Es tut mir ehrlich leid.«

»Was'n los?«, rief Ginny ihm von der Treppe entgegen.

»Der Laden ruft, sorry Schatz.«

»Mal wieder«, murrte Ginny. Dann winkte sie Brooke zu. »Wir hören uns.«

»Danke, dass wir hier sein durften.« Er drückte Danielle und Lindsey die Hand. Vor Elli blieb er stehen, offensichtlich ebenso unschlüssig wie sie.

Es kam ihr wie eine Ewigkeit vor, in der sie sich anstarrten. Seine Augen zuckten, hefteten sich an ihre. Schließlich öffnete sie ihre Arme und er seine.

Eine feste, viel zu kurze Umarmung folgte, dann löste er sich. Kurz darauf waren Tim und Ginny zur Tür hinaus und im Wagen verschwunden.

Elli winkte ihnen nach. Das war maximal unbefriedigend. Sie hatte ihre Chance vermasselt. Nun vermutlich endgültig. Wie dämlich konnte man sein? Die Antwort darauf war eindeutig: Elli!

Sie schalt sich für ihren fehlenden Mut.

Eine Hand legte sich auf ihre Schulter. Danielle sah sie mitfühlend an. »Du kannst dir die Nummer bestimmt über Brooke organisieren. Sie und Ginny waren entscheidungsfreudiger als ihr zwei.«

»Ich frage doch nicht seine Tochter über meine Tochter nach seiner Nummer.« Elli seufzte. »Es hat einfach nicht sein sollen. Egal.«

»Egal?«

Elli presste die Arme vor die Brust. »Okay, nicht egal. Aber jetzt konzentriere ich mich erst einmal auf die Gala.«

»Und dann?«

Elli musterte Danielle. »Setz mich nicht unter Druck, bitte. Ich kann immer noch im neuen Jahr nach New York fahren. Ich weiß, wo er arbeitet.«

»Deine Entscheidung. Dann lass uns die Gala vorbereiten.«

Mühsam löste Elli sich aus ihren Gedanken. Sie hatte es vermasselt, ganz eindeutig. Wenn der Zufall es wollte, würden sie sich noch einmal sehen. Bis dahin gab es haufenweise zu tun.

***

Sie konnte Tim nicht vergessen. Nicht eine Sekunde in der folgenden Zeit. Nicht beim Aufbau von Drehscheibe und Brennofen im alten Schuppen, nicht beim Töpfern bis spät in die Nacht, nicht beim Zusammenstellen der Stücke für die Gala.

Obwohl sie unzählige Aufgaben zu erledigten hatte, schweiften ihre Gedanken ständig ab. Jeden einzelnen Tag. Sie spielte mit der Idee, Brooke doch um die Telefonnummer zu bitten, und verwarf es umgehend wieder. Wie hatte sie Tim davonziehen lassen können?

Zu allem Überfluss fragte Nathan nahezu täglich nach einem Wiedersehen mit ihm.

Nun war eine Woche vergangen, es war Gala-Samstag und ihre Augenringe reichten bis auf die Wangen. Ihre Finger glitten über die Laptoptastatur und formulierten bereits die siebte E-Mail an die Adresse, die sie von Tims Geschäft gefunden hatte. Ein paar weitere Klicks und der Text verschwand wieder. Sie fand einfach nicht die richtigen Worte.

Genervt von sich selbst schloss sie den Laptop und holte sich noch einen Kaffee vom Küchentresen.

Lindsey stand dort. Sie bereitete seit dem Morgen Canapés für den Abend vor. Drei Stunden bis zum Beginn der Gala. Ellis Aufregung stieg.

»Wie fühlst du dich?«, fragte Lindsey und steckte ein Lachsröllchen zum Kosten in den Mund. Ein weiteres reichte sie Elli.

Die schüttelte den Kopf. Die Aufregung blockierte ihren Magen. »Frag lieber nicht.«

»So schlimm?«

Sie nickte. »An dieser Gala hängt viel. Wenn ich ein paar gute Kontakte knüpfen kann, könnte das mein Geschäft richtig vorwärtsbringen.«

»Das wird schon.«

»Elli?«, rief Danielle aus der Garage.

Elli wickelte sich fester in ihre Strickjacke hinein und ging mit dem Kaffee in der Hand in die Garage. Hier war sonst Platz für zwei nebeneinanderstehende Autos und eine große Werkbank. Nun reihten sich Tische an der Wand, hübsch drapiert mit Tischdecken, Dekokisten aus Holz und jeder Menge Ausstellungsstücken. Naturmaterialien wie Zapfen und Tannenzweige ergänzten das Bild. Einen Moment lang hatte Elli den Eindruck, ihren Laden zu betreten. Neben dem Buffet glänzte ein Weihnachtsbaum, an dem Keramikkugeln hingen, die sie mit den Kindern gemeinsam bemalt hatte. Am hinteren Ende der Präsentationstische hatten sie ein paar unfertige Stücke ausgestellt, um den Bearbeitungsvorgang besser aufzeigen zu können. Draußen vor der Garage stand eine Werkbank mit Trockenton, den anwesende Kinder verarbeiten durften.

Warme Decken lagen bereit und Hitzestrahler wärmten den Bereich, damit niemand fror.

Danielle stand dort und beendete ihre Vorbereitungen. »Was sagst du?«

»Perfekt.« Elli gab ihrer Schwester einen fetten Schmatzer auf die Wange. »Danke dir. Und du willst die Station hier wirklich übernehmen?«

Danielle lachte. »Das mache ich in der Gemeinde ständig. Verlass dich auf mich. Ich schaffe das und die Kinder können mir helfen.«

Nathan kam gerade mit einem Stock in der Hand angerannt. Seine Wangen waren gerötet von der Kälte. Mit ein paar spionagereifen Bewegungen pirschte er sich an den Aufbauten vorbei, bis er vor Elli stand.

»Mom? Wann sehen wir Tim endlich wieder? Der war echt nett.«

Sie strich Nathan über den Kopf. »Ich weiß es nicht genau. Es wird sich eine Möglichkeit finden.«

»Hoffentlich.« Er rannte mit seinem Stock in der Hand wieder davon und setzte seinen imaginären Kampf fort.

»Du weißt«, hakte Danielle von der Seite ein, »dass du ihn damit nicht ewig hinhalten kannst. Wie oft hat er jetzt gefragt?«

»Jeden Tag.« Elli stieß die Luft aus ihren Lungen. »Ist das nicht verrückt? Meine Finger liegen tagein, tagaus auf der Tastatur. Ich schaffe es trotzdem nicht, eine Mail abzusenden.«

Danielle zog sie an sich. »Vielleicht bringst du tatsächlich erst die Gala hinter dich. Immer schön eins nach dem anderen. Danach gebe ich dir eine Woche Zeit. Wenn du nicht schreibst, schreibe ich.«

»Das machst du nicht!«

»Und ob!« Danielle eilte lachend ins Haus zurück und ließ Elli mit sich allein.

Was mache ich denn nur?

Dieser Gedanke hielt sich eisern. Sie ging zu ihrem Lieblingstisch, wo ein paar Dekorationen ausgestellt waren, die sie in der Eile aus Fertigton modelliert hatte. Die Ergebnisse waren für eine dauerhafte Nutzung vermutlich zu anfällig, aber für heute genügte es. Ihr liebstes Stück lag genau in der Mitte. Es war ein Haselzweig mit drei Nüssen, die noch in ihrem braungrünen Kleid hingen. Ein Symbol für die vergangene Zeit und all das, was passiert war. Sie zu modellieren, hatte Elli gedanklich zurück nach New York geschickt.

»Mom.« Diesmal war es Brooke, die zu ihr kam.

»Wow!«, stieß Elli aus, als sie ihre Tochter in dem roten Cocktailkleid betrachtete. »Du siehst ...« Sie fand keine Worte für den Zauber, der da vor ihr stand.

Brooke deutete einen Knicks an. »Danke, Mom. Denkst du, das ist okay?«

»Okay? Bist du verrückt? Du siehst fantastisch aus. Bezaubernd! Wie eine Prinzessin.«

Verlegen senkte Brooke den Blick. »Na, ein Glück. Ist es nicht zu viel?«

»Auf keinen Fall. Ich freue mich, dass du dich aus deinen gedeckten Farben raustraust. Das Rot steht dir wirklich ausgezeichnet.«

Ein hinreißendes Lächeln überzog Brookes Wangen. »Ja, und wenn ich jetzt vor deinen drei Haselnüssen posiere, braucht es nur ein bisschen Magie und ich werde zu Aschenputtel.«

Elli lachte. »Wirst du jetzt ein Fan der alten Kamelle?«

»Niemals.«

»Du solltest dich öfter aufbrezeln. Das steht dir.«

Ihre Tochter strich sich verlegen eine Haarsträhne hinter die Ohren. Die Augen leuchteten unter dem dezenten Make-up. »Danke, Mom. Und du solltest dich hübsch machen für die Gala.«

»Ich dachte eigentlich ...«

»Nein, Mom! Da kommen vielleicht Leute, die ich kenne. In dem Schlabberlook wirst du die nicht empfangen.«

Elli hasste diese Stimmungsumschwünge. Wo war der innige Moment hingeraten, den sie gerade hatten?

Mit zornigem Blick musterte Brooke sie von Kopf bis Fuß. Scharf genug, als dass Elli resigniert den Kopf schüttelte. »Ich gehe ja schon.«

»Ich bitte darum.«

»Hey, Tonfall!«

Brooke machte auf dem Absatz kehrt und marschierte ins Haus zurück.

Elli sah ihr nach. Sie waren sich zu ähnlich. Kein Wunder, dass es zwischen ihnen oft krachte.

Zerknirscht sah sie an sich herunter. Ihre Wollstrickjacke und die Joggingpants waren tatsächlich kein Outfit, um ihre Gäste zu empfangen. Aber hatte sie überhaupt etwas Passendes zum Anziehen?

Sie ging ins Haus und verschwand im Flur zu den Schlafzimmern. Dort kam ihr Danielle in einem dunkelbraunen Hosenanzug mit hellen Absätzen am Dekolleté entgegen. Der tiefe Ausschnitt machte neugierig, verriet aber nicht zu viel.

»Du ziehst dir hoffentlich noch etwas anderes an?«

Elli stöhnte genervt auf. »Ich bin doch schon auf dem Weg.«

»Na, ein Glück.«

»Hey! So schlimm sehe ich nun nicht aus.«

»Los, rein da«, drängelte Danielle und schob sie ins Badezimmer. »Deine Gäste kommen in nicht einmal zwei Stunden. Du gehst duschen, ich sichte deinen Kleiderschrank.«

Elli gehorchte. Wie früher.

***

Als Elli zwanzig Minuten später aus dem Bad kam und ihr Zimmer betrat, stand Danielle mit gerunzelter Stirn vor dem Hängeregal.

»Ist das echt alles, was du hast?«

Elli trat dazu und sichtete das spärliche Angebot an festlicher Kleidung. »Ich hatte durch die Kinder nie Zeit, irgendwo hinzugehen. Konzerte und Benefizveranstaltungen hat Cliff immer allein besucht.« Sie zuckte die Schultern. »Hast du ein Outfit für mich?«

»Nein, das Problem kennen wir von früher: Was mir gut passt, schlackert an dir rum wie ein Kartoffelsack, Schwesterherz.«

Elli plusterte die Wangen auf und presste die Luft zwischen den Lippen nach draußen. »Und nun? Wie wäre der rote Weihnachtspulli?«

»Keinesfalls! Du bist Gastgeberin einer Gala.«

»Und die schwarze Bluse?«

»Das ist keine Trauerzeremonie.«

Fünf Minuten später gab Elli auf. »Irgendeine dieser Klamotten muss gehen.«

»Es geht aber keine davon.«

Elli legte sich frustriert aufs Bett und stützte den Kopf auf die Hände. »Ich kann ja nackt gehen, wenn nix passt.« Die hochgezogenen Augenbrauen ihrer Schwester nahm sie in Kauf. Sie hatte keine Motivation mehr.

Danielle nahm auf dem Bett Platz. »Wir finden einen ...« Mitten im Satz stoppte sie, stand wieder auf und trat an die Kommode heran. Mit dem Haselzweig in der Hand wandte sie sich Elli zu. »Was ist das?«

»Nichts.«

»Quark. Ist das etwa der Zweig, der dich zu den Bäckerklamotten geführt hat?«

Erst sagte Elli keinen Ton, dann gab sie ein zaghaftes »Ja« von sich. »Und zu den Schlittschuhen.«

»Zu den ... was?«

»Gib her«, sagte Elli und nahm Danielle den Zweig aus der Hand. »Er gehört mir.«

Danielle warf die Hände in die Luft wie ein resignierter Modedesigner, der an seinem Model scheiterte. »Wie du meinst. Ich gehe jetzt doch schauen, ob ich bei mir fündig werde.«

Elli schloss die Tür hinter ihrer Schwester, dankbar, Ruhe zu haben. Danielle meinte es manchmal einfach zu gut.

Nun, da niemand mehr zusah, fiel ihre Haltung in sich zusammen. Ein hübsches Kleidungsstück. Hatte sie wirklich keins? Zumindest keines, das diesem Anlass gerecht wurde. In all der Aufregung hatte sie daran keinen Gedanken verschwendet. Was würde sie für ein schönes Kleid geben!

Ihr Blick fiel auf die letzte Haselnuss und ein irrwitziger Gedanke formte sich in ihrem Kopf. Selbst wenn es keine Magie gab, schienen ihr diese Nüsse das nötige Glück zu bringen. Davon konnte sie jetzt definitiv eine Portion gebrauchen.

Sie schloss die Tür zu ihrem Zimmer ab und nahm die Nuss in die Hand. Es musste niemand sehen, wie sie den noch immer erstaunlich farbenfrohen Haselzweig anflehte. Sie griff danach, wandte ihn in ihren Händen hin und her. Die braune Frucht reckte sich ihr einladend entgegen.

Mit dem festen Wunsch nach Hilfe setzte sie einen schmatzenden Kuss auf die Oberfläche. Die Augen geschlossen, die Lippen auf der harten Schale und die Gedanken bei einem strahlenden Abendkleid.

Als sie wieder lockerließ, löste sich die Hasel aus ihrem grünbraunen Kleid. Sie purzelte auf den Boden hinunter und unter ihr Bett.

Na super. Das hat ja mal gar nicht geklappt.

Elli ging in die Hocke und tastete mit den Fingern unter dem Bett herum, fand jedoch nichts außer dicken Staubflusen. Sie senkte den Kopf und suchte mit den Augen nach der Nuss.

Ihr Blick fiel auf einen Karton. Genau davor lag die Haselnuss. Die Hülle war zersprungen und etwas Silbernes hing daran, schlängelte sich bis zu dem Karton hin und verschwand darin.

Mit lang gestrecktem Arm wühlte sie die Frucht hervor. Das silberne Gebilde löste sich und blieb zurück. Wie beim letzten Mal war die Hülle leer. Keine Nuss. Keine Magie.

Sie stopfte die aufgeplatzte Schale in ihre Hosentasche, senkte den Kopf erneut und scannte den seltsamen Karton mit Blicken. Den hatte sie auf keinen Fall dorthin gestellt. Das wüsste sie. Das silberne Etwas hing aus dem Deckel heraus.

Noch einmal reckte Elli ihre Arme unter das Bett und zog das Päckchen hervor.

Ob jemand ein Weihnachtsgeschenk hier versteckt hatte? Das wäre sehr leichtsinnig. Andererseits hätte ihre Rückkehr aus New York deutlich später sein sollen und im Trubel der letzten Woche könnte irgendwer vergessen haben, es rauszunehmen.

Sie hatte ein schlechtes Gewissen, den Deckel zu öffnen und hielt inne. Kurzerhand trat sie mit dem Paket unter dem Arm aus ihrem Zimmer und ging in die Wohnküche.

Nathan kam gerade in Begleitung von Lindsey aus seinem Zimmer. Das dunkelblaue Hemd stand ihm hervorragend. Auch Lindseys Hose mit dem Rüschen-Top wirkte entzückend.

»Was hast du da?«, fragte Nathan und tippte auf das Paket.

»Das weiß ich nicht«, antwortete Elli ehrlich. »Ich hatte gehofft, einer von euch kann mir das sagen.«

Brooke blickte von der Couch auf und legte das Handy zur Seite. »Nope. Kenne den Karton nicht. Wo kommt der her?«

»Er stand unter meinem Bett.«

»Einfach so?«

»Keine Ahnung. Das will ich von euch wissen. Hat den jemand da drunter gestellt?«

Angelockt von der Unterhaltung, gesellte sich Danielle dazu. »Was ist hier los?«

»Mom hatte einen Karton unter ihrem Bett und weiß nicht, wo er herkommt.«

»Was denn für einen ...« Sie erblickte das braune Paket auf Ellis Arm. »Das sieht aus wie einer von den alten Kartons unserer Mom. Aber die hatte ich alle in den Keller geräumt.«

Ellis Aufregung stieg. »Bist du sicher?«

»Absolut. Da war nix mehr in deinem Zimmer, als du eingezogen bist.«

»Ich öffne nicht unbeabsichtigt irgendein Weihnachtsgeschenk?«

Alle schüttelten den Kopf.

Ellis Herzschlag beschleunigte sich, als sie das Paket auf den Wohnzimmertisch stellte. Sie kramte die Haselnuss aus ihrer Hosentasche und betrachtete sie.

»Ist das die verbliebene Nuss?« Danielle zog ihr die leere Hülle aus der Hand. »Was ist damit passiert?«

Ungläubig schüttelte Elli den Kopf. »Kann ich nicht genau sagen. Ich habe mir etwas zum Anziehen gewünscht, dann ist die Nuss abgefallen, unter das Bett gerollt und dieser Karton stand dort.«

Lindseys Stirn kräuselte sich. »Dafür gibt es bestimmt eine logische Erklärung.«

»Ja«, murmelte Elli. »Das habe ich die letzten zwei Mal auch gedacht.«

»Nun mach auf«, drängte Brooke und rückte näher an den Tisch heran.

Zaghaft schlug Elli den Deckel dort auf, wo die silberne Kette heraushing. Sie hob die Hände vor den Mund.

»Das gibt es nicht.« In Danielles Mimik legte sich pures Entsetzen. Vermutlich überlegte sie gerade, wie sie das Haus mit einer Alarmanlage sichern konnte. Mit einem ungläubigen Ausdruck musterte sie den Inhalt.

In Elli stieg die Freude. Ob das Magie war oder irgendein seltsamer Zufall, war ihr egal. Was sie sah, ließ ihr
Herz hüpfen. Aus dem Karton zog sie ein grünes Samt-
kleid, dazu silberne Schuhe, einen silbernen Armreif
und eine silberne Kette. Was daran hing, entlockte ihr
ein Lachen.

»Das ist ein Haselnuss-Anhänger, Mom.« Brooke riss
ihr die Kette aus der Hand. Ein selten gesehener Glanz
trat in ihre Augen. »Das ist fast wie in *O Popelce*.«

Auch Nathan hüpfte aufgeregt umher. »Fehlt nur
noch der Prinz!«

Eine Haselnuss hing an einer feingliedrigen Kette, die
die Grüntöne des Kleides bestens ergänzte.

»Irgendwie ist das gruselig«, raunte Danielle in ihr
Ohr.

Elli warf ihr einen entschuldigenden Blick zu. »Frag
mich mal, wie es mir mit den Bäckerklamotten ging …
und den Schlittschuhen.«

Danielle schüttelte den Kopf. »Das ist verrückt.«

»Ja«, erwiderte Elli, »und irgendwie großartig. Nehmen wir das Glück dankend an.«

***

Elli stand fertig gekleidet vor ihrem Spiegel. Der
grüne Samtstoff floss vom Dekolleté eng anliegend zu
ihrer Hüfte hinab. Dort öffnete sich das Kleid in einer
A-Linie bis knapp über die Knie und schlug samtene
Falten. Die Ärmel rafften sich seitlich über die Oberarme und sorgten für einen freien Blick auf die Schultern. Die zarte Kette schmückte den oberen Ausschnitt,

die Schuhe saßen wie angegossen und versprachen trotz des schmalen Absatzes bequemen Tragekomfort.

Selten saß ein derart stolzes und zufriedenes Gefühl in ihr. Wie eine Prinzessin drehte sie sich vor dem Spiegel hin und her und betrachtete ihr Äußeres.

Dort blickte ihr nicht mehr die schüchtern veranlagte Elli entgegen, die sich mit gedeckten Farben kleidete. Weite Pullis oder lockere Blusen, immer darauf bedacht, nicht zu sehr aufzufallen und sich möglichst wohl und kuschelig zu fühlen. Die Elli, die es allen recht machen wollte und sich für die Liebe verbog.

Nein, das hier war eine selbstbewusste Elli, die sich unglaublich schön fand, die eine großartige Gastgeberin sein wollte ... und die Tim vermisste. Für ihn hatte sie sich nicht verbiegen müssen. Nicht einmal, nachdem sie ihm unrecht getan hatte.

Nicht jetzt!, schalt sie sich, holte tief Luft und verließ das Zimmer.

Im Wohnzimmer saß Lindsey mit Nathan auf der Couch. Sie las, welch Wunder, *O Popelce* vor, während Nathan wie ein kleiner Prinz mit leuchtenden Augen daneben saß.

Elli wollte sich dazusetzen, doch Danielle winkte sie zur Tür.

»Der erste Gast ist da«, flüsterte ihre Schwester ihr zu. Der zerknirschte Ausdruck in Danielles Gesicht verhieß nichts Gutes.

»Wer denn?«

»Cliff.« Sie formte es lautlos mit den Lippen.

Ellis Haltung fiel kurzzeitig in sich zusammen. Er war der Letzte, an den sie gerade dachte. Dann straffte sie die Schultern. Was auch immer er wollte, war ihr heute egal. Die selbstbewusste Elli würde sich dem stellen.

Kurz darauf betrat sie allein die Garage. Im Schein der Lichterketten wirkte es wie ein würdiger Raum für eine Gala mit privaten Gästen. Regelrecht pompös. Dazu die Häppchen am Buffet, die Lindsey appetitlich für das Auge arrangiert hatte.

Dort stand Cliff, mit dem Rücken zu ihr, ein Häppchen in der Hand, das zwischen seinen Zähnen verschwand.

»Cliff!«, begrüßte sie ihn laut und bestimmt.

Er wandte sich ihr zu. Als sein Blick auf ihr Aussehen fiel, weiteten sich seine Augen und er verschluckte sich an dem Canapé in seinem Mund.

Genüsslich verfolgte sie, wie er mit dem Brocken kämpfte und darüber kein Wort herausbekam. »Was willst du hier, Cliff? Ich kann mich nicht erinnern, dich eingeladen zu haben.«

Noch immer würgte er, klopfte sich mit der Hand auf die Brust und rang nach Atem. »Ich wollte ...« Seine Stimme war nur ein Krächzen. Einen Hustenschwall später hatte er sich wieder im Griff. »Ich wollte sehen, wie es dir und den Kindern geht.«

»Und da suchst du dir ausgerechnet den heutigen Abend aus? Weißt du, was diese Gala für mich bedeutet?«

Er nickte. »Deswegen bin ich hier.« Mit wenigen Schritten stand er nah bei ihr. »Du siehst wirklich wundervoll aus.«

»Danke.«

Seine Hand fuhr an ihre Wange. »Wie früher – unglaublich schön.«

Elli trat einen Schritt von ihm weg. »Was wird das?«

»Ich dachte, wir vereinbaren vielleicht ein Date?«

Mit zusammengekniffenen Augen musterte sie ihn. »Was ist mit Ashley?«

Wieder kam er näher. »Wer braucht schon eine Ashley, wenn er eine Elli hat?«

Vehement schüttelte sie den Kopf. »Tu das nicht, Cliff.«

»Wieso? Nur ein Treffen bei einem schönen Abendessen. Dann könnten wir darüber reden, ob ich dich finanziell bei deinem Geschäft unterstützen kann.«

Immer noch skeptisch und mit jeder Faser ihres Körpers angespannt, musterte sie ihn. »Wirklich?« Sie traute dem Braten nicht und wollte sich auf nichts einlassen.

»Na ja, ich dachte an eine großzügige Spende und dafür reduzieren wir die Höhe der Unterhaltszahlungen.«

Die Unverschämtheit schlug ihr so hart ins Gesicht, dass ihr die eigenen Worte im Hals stecken blieben und ihn ungewollt zuschnürten. Da war er, der verkohlte Braten, durch und durch bestückt mit vergammelter Füllung. Ekelhaft.

»Hör mal«, sagte er. »Das wäre nur fair. »Und wenn ich die Kinder öfter zu mir nehme, brauchst du weniger Geld von mir.«

Elli explodierte. »Bist du hergekommen, um mir das zu sagen? Heute?«

»Nun sei keine Furie.«

»Cliff, es reicht! Ich bin keine Furie, sondern du ein egozentrischer Affe.« Sie baute sich vor ihm auf und streckte ihm den Zeigefinger entgegen. »Solange du dich daneben benimmst, werde ich jeden Hebel in Bewegung setzen, der verhindert, dass die Kinder jemals noch einmal diesem Bullshit ausgesetzt sind. Dir geht es immer ums Geld. Immer! Aber Kinder kann man nicht kaufen. Und mich auch nicht!«

»Was soll das heißen?«

»Du checkst es nicht, oder? Die Kinder sind keine Waren. Sie sind kein Gut, über das man mit Geld verhandelt. Sie sind die besten und liebenswertesten Menschen, die man sich vorstellen kann. Und wenn du dich für sie interessieren würdest, wüsstest du das!«

Cliffs Blick verdunkelte sich. »Du hast mir doch nie eine Chance gegeben.«

»Doch. Letzte Woche haben wir vereinbart, dass du dich diese Woche wegen der Kinder meldest. Es ist bereits Samstag, und du bist hier, um über das Geld zu verhandeln, nicht um nach den Kindern zu fragen. Sie haben jemanden wie dich nicht verdient.«

»Versteh mal meine Situation. Das tut echt weh, wenn du so redest.«

»Soll es auch! Und ich bin noch nicht fertig. Du kommst nicht nur her, um mir zu erklären, dass du weiterhin kein Vater sein willst, sondern auch, um mich billig anzumachen und mir Zuneigung vorzugaukeln, damit du ein paar Euro sparst.« Elli schnaubte. Die Wut saß in ihr wie ein Orkan. Sie tobte und wütete und trieb mit den Worten nach draußen. All die Jahre, all die Entbehrungen. Was hatte sie mit sich machen lassen?

Vielleicht war es das Kleid, vielleicht die Umstände mit dem Brand und New York, die ihr zeigten, was sie wert war und wofür sie kämpfen wollte. Jedenfalls gehörte Cliff nicht mehr dazu.

»Hör zu: Ich brauche dein Geld nicht. Ich schaffe das allein. Aber die Kinder brauchen es. Deswegen werde ich keine Abstriche machen in puncto Unterhalt. Allerdings dulde ich nicht länger, dass du sie oder mich belästigst und dich danebenbenimmst.«

»Setzt du mich vor die Tür?«

»Du hast dich vor zwei Jahren selbst vor die Tür gesetzt, Cliff. Aber ab heute werde ich sie nicht mehr öffnen. Es reicht. Ich habe mich lange genug von dir durch die Gegend schieben lassen.«

Quietschend öffnete sich die Seitentür zur Garage und Danielle steckte den Kopf herein. »Alles in Ordnung?«

Ehe Cliff einen weiteren Versuch starten konnte, zeigte Elli durch das offene Tor nach draußen. »Ja, es ist alles in Ordnung. Cliff wollte gerade gehen.«

Cliff sah keinesfalls aus, als wollte er gehen. Mit den Händen in der Hosentasche rang er sichtlich damit, was er nun tun sollte.

»Geh oder ich rufe die Polizei«, sagte Elli laut und deutete noch einmal nach draußen.

Endlich setzte er sich in Bewegung und trabte wie ein geprügelter Hund davon.

Mit einem bitterbösen Blick sah sie ihm nach, bis er wieder im Auto saß und zur Einfahrt hinaus verschwunden war.

»Was war denn los?«, fragte Danielle.

Mit einem tiefen Seufzer fiel die Anspannung von Elli ab. »Cliff war Cliff, und ich habe ihn endlich erfolgreich abserviert.«

Danielle legte eine Hand auf Ellis Schulter und klopfte anerkennend darauf. »Wie fühlt es sich an?«

Elli atmete tief ein und aus. »Verdammt gut. Jetzt freue ich mich richtig auf meine Gäste.« Sie hatte kaum zu Ende gesprochen, da fuhr der erste Wagen vor.

Kapitel 10

»Vielen Dank.« Hoffnungsvoll schüttelte Elli die Hand des Investors. »Ihre Kunden könnten wahre Freude an meinen Produkten haben.«

»Das glaube ich gern. Mein Büro wird Ihr Sortiment prüfen. Bei Interesse meldet sich jemand bei Ihnen.«

»Danke, und genießen Sie den Abend weiterhin.«

Der Mann mit dem runden Gesicht und dem Schnauzbart über den Lippen lachte. »Das werde ich. Danke übrigens für die großartige Kinderbetreuung.«

Elli schielte auf Brooke und Nathan, die ganz fachmännisch die Kinder des Investors mit dem Trockenton beschäftigten. »Keine Ursache. Ich weiß, wie schwer es ist, neben der Kinderbetreuung zu arbeiten.«

Der Investor nickte und reichte ihr eine Visitenkarte. »Wenn Sie bis Weihnachten nichts gehört haben, rufen Sie im neuen Jahr durch. Manchmal sind wir aus Gründen noch unschlüssig, bevor wir ein Sortiment in unsere Läden aufnehmen.«

»Ich freue mich, wenn Sie mein Angebot prüfen.«

»Das werden wir.« Ein Händedruck besiegelte das Gespräch, und der Mann ging zu seinen Kindern, die ihm stolz zeigten, was sie modelliert hatten.

Seufzend ließ Elli die Schultern hängen. ›Wir prüfen Ihr Angebot.‹ Wie oft sie das in den letzten Monaten gehört hatte. Das Schwerste war, sich nicht anmerken zu lassen, wie sie das runterzog. Dabei hatte sie sich von der Gala mehr erhofft. Zumindest war der Abend eine gute Werbeveranstaltung gewesen, bei der sie ihre Visitenkarten verteilen konnte. Ein zweistelliger Spendenbetrag war zusammengekommen und sie hatte mit den Frauen aus der Kirchgemeinde über das Veranstalten eines Töpferkurses an zwei Terminen im Jahr gesprochen. Doch das finanzierte sie noch lange nicht.

Die Uhr zeigte kurz nach neun. Die ersten Gäste verabschiedeten sich, als jemand Neues die Garage betrat. Es dauerte eine Weile, bis Elli das dunkelhäutige Gesicht zuordnen konnte.

Der Neuankömmling winkte ihr zu.

Sie ging näher, als die Erkenntnis nach ihr griff. »Preston?«

Strahlend weiße Zähne blitzten auf. »Jupp.«

»Was machst du hier?«

»Ein Vögelchen hat mir gezwitschert, dass hier heute eine Party steigt.«

Elli blickte an ihm vorbei in den Lichtschein vor der Garage, sah aber sonst niemanden. »Welches denn?«

Er lachte. »Ginny hat geplaudert. Du kennst sie über deine Tochter, richtig? Und als *Chef de Rang* habe ich viiiiiel«, er zog das Wort gewichtig in die Länge, »Einfluss darauf, welche Vasen, Teller und Tassen im Restaurant genutzt werden.«

»Mir war nicht klar, dass du so ein hohes Tier bist.«

»Hoch genug, dein Angebot zu sichten und Entscheidungen zu treffen.« Er strahlte bis über beide Ohren.

Elli lächelte. »Dann herzlich willkommen. Sieh dich in Ruhe um und frag, wenn du Fragen hast.«

Er nickte und startete einen Rundgang. Elli wollte sich anschließen, entdeckte aber ein weiteres bekanntes Gesicht.

Ginny und Brooke steuerten gemeinsam auf sie zu.

»Ginny ist hier, Mom. Sie sagt, ein Restaurantchef aus New York hat Interesse an deinem Zeug!«

»Ich habe schon mit ihm gesprochen«, antwortete Elli schmunzelnd und reichte Ginny die Hand. »Schön, dass du hergekommen bist.«

Ein verschmitztes Lächeln schob sich auf das Gesicht ihrer Tochter. »Ich habe sie eingeladen, Mom. Sie hat ihren Dad mitgebracht.«

»Tatsächlich?«

Ginny verdrehte die Augen. »Ja, steht vorn an der Einfahrt und traut sich nicht her.«

Brooke hielt sich kichernd den Mund, dann verschwanden die Mädchen, Nathan mit sich nehmend, am Buffet.

Außer Preston und zwei älteren Damen, die Danielle über die Kirchgemeinde aktiviert hatte und die augenscheinlich festsaßen in einem angeregten Gespräch mit Lindsey und Danielle, war kein Gast mehr da. Mittlerweile war die Kälte ordentlich angezogen, weshalb die Strahler vor der Garage nur noch bedingt taugten.

Sie überlegte hin und her, holte sich dann eine warme Jacke und spazierte mit klopfendem Herzen hinaus in die Dunkelheit. Die einbrechende Nacht brachte die Kälte mit. Jetzt erst wurde Elli deutlich, wie gut Lindsey und Danielle die Garage und das unmittelbare Umfeld beheizt hatten. Ein paar Meter entfernt fraßen sich die niedrigen Temperaturen auf die nackte Haut an ihren Beinen.

Am Ende der Einfahrt stand er von einem Fuß auf den anderen hüpfend. Die Hände saßen tief in den Jackentaschen und er hatte ihr den Rücken zugewandt.

Ihre Absätze klapperten über den Pflasterstein, als sie sich näherte.

Tim drehte sich zu ihr, das Weiß seiner Augen wurde einen Moment lang sichtbarer. Jäh stoppte er seinen Wärmetanz. »Oh, hi.«

»Hi.« Knapp einen Meter vor ihm blieb sie stehen, die Beine kalt und zittrig. Sie konnte nicht sagen, ob es allein an der Kälte lag. Ihr Herz klopfte heftig in ihrer Brust und die eisige Luft trocknete ihre Kehle noch weiter aus. »Wieso kommst du nicht ins Warme?«

»Ich ... ich wollte nicht stören und wusste nicht, ob du mich überhaupt sehen möchtest.«

Elli schluckte und starrte ihn an. *Nun sag etwas!*, rief sie sich zu. »Du störst nicht.« *Na prima. Was für ein müder Versuch.* »Und«, ergänzte sie, »ich freue mich sehr, dich zu sehen.«

»Ehrlich?«

Sie nickte und spürte, wie sich ein verlegenes Lächeln in ihre Wangen grub.

»Oh Gott, bin ich erleichtert. Ginny hat mich gedrängt herzukommen. Ich wusste nicht, ob das okay ist.«

Nun war es Elli, die ihn anstarrte. »Wieso sollte es das nicht sein?«

»Ich dachte, ich hatte es voll verdorben. Die Sache mit dem *Schatz* hängt mir immer noch nach. Und wir mussten letzte Woche so schnell weg, dass ich nicht sicher war, wie es zwischen uns steht.«

»Mir scheint«, antwortete Elli, »wir sind da beide unsicher. Und irgendwie mag ich das.«

»Das beruhigt mich.« Er trat einen zaghaften Schritt näher. »Ich habe zig Mal überlegt, ob ich dir schreiben soll, kam mir dabei aber total doof vor.«

»Echt?« Elli lachte laut auf. »Mir ging es genauso. Sieben Mails hatte ich fertig, nicht eine habe ich abgesendet.«

Tim fuhr sich mit der Hand über den Nacken. »Okay, jetzt verstehe ich, was Ginny damit meinte, dass wir uns echt dumm anstellen.«

»Hat sie das gesagt?«

»Japp. Mehrfach.« Wieder kam er einen zaghaften Schritt näher. »Ich habe dich vermisst, Elli.«

Sie schluckte, spürte seine Nähe, versank trotz der Dunkelheit in dem Glimmen, das seine Pupillen einfingen. »Ich dich auch.« Ein Flattern zog durch ihren Magen.

Noch ein Schritt und sie standen eng beieinander. Sein warmer Atem legte sich auf ihr Gesicht. Eine Hand griff nach ihrer, und seine Handschuhe schlossen sich um ihre ausgekühlten Finger. Die andere Hand fuhr an ihre Wange. »Ich mag dich wirklich.«

Elli erwiderte nichts. Sie schloss die Augen, reckte sich ihm entgegen und ließ sich fallen. Seine Lippen trafen auf ihre. Zärtlich und voller Hingabe berührten sie sich, verharrten aneinander, genossen den Moment. In Ellis Magen prickelte es, zog bis in die Brust. Sie wollte, dass der Moment hielt; am liebsten für immer. Sie drängte sich Tim entgegen, der das Angebot erwiderte.

Als sie sich lösten, konnte sie nicht sagen, wie viele Küsse sie getauscht hatten. Es war ein benebelndes

Gefühl. Wie im Freudentaumel stand sie vor ihm, glücklich wie seit Jahren nicht mehr.

»Denkst du«, sagte Tim, »wir können reingehen? Sonst friere ich noch an dir fest.« Ein Grinsen zog sich auf seine Lippen, das Elli ein Lachen entlockte.

»Das wäre eine reizvolle Vorstellung.« Sie hielt ihre Finger in seinen verschränkt und führte ihn zu den anderen in die Garage.

Tim sog die Luft ein. »Hey, das habt ihr richtig gut hinbekommen.«

»Danke.« Sie registrierte Danielles Blick, der auf den ineinandergeschlungenen Händen lag und äußerst zufrieden wirkte.

»Ja!« Der kurze, aber heftige Ausruf war Brooke über die Lippen gesprungen, die gemeinsam mit Ginny und Nathan zu ihnen gelaufen kam. »Fünf Dollar für mich.«

»Kriegst du«, murrte Ginny und faustete sich mit Brooke zu.

Tim verschränkte die Arme vor der Brust. »Wofür das denn?«

Ginny nahm die gleiche Pose ein – Vater und Tochter – eindeutig. »Wir haben gewettet, ob ihr Händchen haltend zurück in die Garage kommt.«

»Und du hast dagegengehalten?«

»So, wie ihr euch angestellt habt, war das echt nicht zu erwarten.«

»Ginny!«

Sie drehte auf dem Absatz um und zog Brooke und Nathan mit sich.

Nathan wirkte nicht ganz glücklich, ging aber mit. Brooke hingegen hatte ein Lachen im Gesicht sitzen, das Elli seit Ewigkeiten bei ihr nicht mehr gesehen hatte. »Jetzt erzählen wir dir, wo Mom das grüne Kleid herhat.«

Nathan verrenkte im Gehen den Kopf, um die beiden noch einmal sehen zu können. »Ich mag dich, Tim«, krähte er.

Dafür erntete er einen gezischten Kommentar von Brooke, der für Elli nicht zu verstehen war, dann verschwanden die drei im Haus.

»Nun weiß es jeder«, kommentierte Tim und drückte Ellis Finger noch fester.

»Schlimm?«

»Nein. Aber was meint Brooke mit dem Kleid?« Tim zog eine Augenbraue fragend in die Höhe.

Elli schüttelte den Kopf, zog die Jacke aus und präsentierte ihr samtgrünes Kleid. »Das glaubst du mir nie.«

»Versuch es einfach.« Er öffnete seinen Mantel und ein weißes Hemd mit anthrazitfarbener Krawatte kam zum Vorschein.

»Wow, du siehst schick aus.«

»Das kann ich nur zurückgeben«, sagte er und betrachtete Elli von Kopf bis Fuß. »Hast du das extra für heute gekauft?«

Sie seufzte. »Nicht ganz. Ich verstehe selbst nicht recht, was passiert ist. Irgendwie haben mir ein paar Haselnüsse mächtig Glück gebracht.«

Tims Augen weiteten sich vor Überraschung. »Sag das noch mal.«

»Dass ich es selbst nicht verstehe?«

»Nein. Das mit den Haselnüssen. So etwas Ähnliches hast du letztens schon erwähnt.«

»Ich sag ja, das glaubst du mir nie! Jetzt komme ich mir wieder doof vor.«

»Nein, im Gegenteil.« Er rückte seine Krawatte zurecht. Es schien ihm unangenehm, so wie er daran herumzupfte. »Meine Mom erzählt bis heute, wie verrückt es zuging, als sie meinen Vater kennenlernte. Drei Haselnüsse hätten die beiden zusammengeführt.«

»Wie abgefahren ist das denn?«, entgegnete Elli, deren Aufregung stieg.

Tim nickte. »Seitdem ist er Kutscher für das *Hazel Inn* und fährt am liebsten Paare für ihr Glück durch den Central Park.«

Die Erkenntnis schlug sich in Ellis Hirn. »Warte mal! Ist Pete etwa dein Vater? Der mit der Kutsche?«

Tim nickte. »Wusstest du das nicht?«

»Nein!«

Mit den Fingern fuhr er über ihre Wange. »Eines Tages erzählst du mir das in aller Ruhe ein zweites Mal.«

»Ich werde es versuchen.«

»Du siehst wunderschön aus.« Er beugte sich zu ihr und drückte ihr einen Kuss auf die Lippen.

Sie genoss den Moment, die weiche Berührung, wie er Acht gab, sie nicht zu drängen und ihr trotzdem zu zeigen, wie sehr er sie mochte.

Ihr Bauch gab ein hörbares Grummeln von sich.

»Hunger?«, flüsterte Tim.

»Irgendwie habe ich das Essen heute Abend vergessen.«

»Dann holen wir das nach. Ich hatte auch nur einen Happen.«

Am Buffet wartete Preston, einen gut gefüllten Teller in der Hand balancierend. »Das ist köstlich.«

»Bedank dich bei Lindsey.«

»Später. Erst möchte ich wissen, ob du mein Restaurant mit handgefertigtem Geschirr und dazu passenden Vasen und Dekoschalen ausrüsten möchtest?«

»Meinst du das ernst?« Ungläubig starrte Elli ihn an.

Preston hielt seinen Teller in die Höhe. »Wer will heutzutage Massenware aus der Fabrik, wenn er qualitativ hochwertiges und einzigartiges Steingut präsentieren kann? Unsere Kunden mögen das.«

Ellis Aufregung stieg. »Und das möchtest du bei mir in Auftrag geben?«

»Klar. Was hier rumsteht, ist der Knaller. Ich nehme an, du kannst die Bestellung bei deinem Talent genau auf unsere Wünsche anpassen?«

Ellis Wangen wurden heiß. »Auf jeden Fall. Wie viel brauchst du denn?«

»Viel! Und wir zahlen gut dafür. Lass uns nächste Woche in Ruhe sprechen. Und wenn wir uns geeinigt haben, möchte ich, dass du den Hotelmanager kennenlernst. Er sucht seit drei Jahren nach neuer Weihnachtsdekoration. Ich finde, er sollte deine Keramikkugeln und dein Talent kennenlernen.«

»Wirklich?«

»Absolut! Wer hätte gedacht, dass man Keramik an einen Weihnachtsbaum hängen kann. Und diese Schalen und Schüsseln, die hier herumstehen! Ich komme aus dem Schwärmen gar nicht heraus!«

Ellis Wangen glühten, als hätte sie zu tief ins Glas geschaut. Das war wie Geburtstag, Weihnachten und alle anderen Festtage auf einmal. »Danke!« Sie schüttelte seine Hand. »Danke, danke, danke.« Überschwänglich wandte sie sich an Tim und schlang die Arme um seinen Hals.

Er drückte sie fest an sich. »Glückwunsch. Das hast du dir verdient.«

»Das hast du eingerührt, oder?«

»Nein, das war Ginny. Wir waren gestern bei Preston zu Hause und sie hat sich ausgiebig über sein langweiliges Geschirr echauffiert und geschwärmt, wie schön eures war.«

»Deine Tochter ist ein Traum.«

»Ich weiß. Ich liebe sie über alles, und sie scheint dich zu mögen.«

»Das geht meinen Kindern mit dir gleich.«

»Das ist doch eine gute Basis.«

Wieder explodierte ihr Magen unter einem Kuss. Wann hatte sie das letzte Mal dieses Kribbeln gespürt? Sich so wohl gefühlt? Solch ein Verlangen nach mehr gehabt? War das der Lohn für die Katastrophen der letzten Woche? Wenn ja, nahm sie es fortan mit jedem Unheil auf.

»Setzen wir uns zu den anderen?«, fragte Tim.

Sie nickte, obwohl sie lieber mit Tim irgendwo in eine stille Ecke verschwunden wäre, um weitere Zärtlichkeiten auszutauschen. Aber das hatte Zeit.

Hand in Hand nahmen sie bei Danielle, Lindsey, Preston und den Frauen aus der Gemeinde Platz und stießen gemeinsam auf den überaus erfolgreichen Abend an.

***

»Ich sende Ihnen den Vertrag nach den Feiertagen per Mail.« Die Maklerin marschierte davon und Elli fiel aus ihrer angespannt förmlichen Haltung.

»Das ist es«, murmelte sie und hatte alle Mühe, keinen wilden Freudentanz hinzulegen. Ein Ladengeschäft in ruhiger New Yorker Randlage mit angelagerten Werkstatträumen und Zugang zu einem geräumigen Kellerabteil. Ihr ganz persönliches Weihnachtsgeschenk und der Startschuss in einen neuen Lebensabschnitt.

Sie konnte bereits erahnen, wie das neue Geschäft eingerichtet aussehen würde. Die Versicherungssumme zusammen mit der Vorauszahlung von Preston genügte für den Ankauf.

Fehlte noch eine Aushilfskraft, die den Laden führte, wenn Elli in der Produktion hing. An Bewerbungen mangelte es in ihrem Postfach nicht. Seit dem Deal mit Preston musste sie eine Warteliste eröffnen, damit sie hinterherkam.

Entspannt kehrte sie dem Geschäft den Rücken zu und ging zurück zur U-Bahn. Die Stadt erstickte im Feierabendverkehr. Alle sehnten die Feiertage herbei.

Die Kälte hatte deutlich angezogen, und ihr Atem bildete Wölkchen vor dem Mund. Heilfroh nahm sie zehn Minuten später in einem zwar stickigen, aber warmen U-Bahn-Waggon Platz.

Als sie in der Nähe des Central Parks ausstieg, sank die Sonne hinter die Baumkronen. Der Verkehr war ungebrochen laut.

Sie entschied, noch ein paar Schritte durch den Park zu spazieren. Laternen leuchteten die Wege aus und Menschenscharen strömten durch das Dämmerlicht.

»Elli?« Eine Frauenstimme rief ihren Namen.

Sie blickte sich um und entdeckte ein paar Meter entfernt jemanden, der ihr eifrig zuwinkte. Das Gesicht war hinter einem Schal versteckt, die Haare unter einer Mütze.

Erst im Näherkommen erkannte sie die Frau. »Ashley.« Sie hatte keine Ahnung, ob sie sich darüber freuen sollte.

»Wie geht es dir?«, fragte Ashley, deren Wangen rot von der Kälte waren.

»Gut, danke. Und dir?«

»Seit ich nicht mehr mit Cliff zusammen bin, deutlich besser.«

»Du hast ihm den Laufpass gegeben?«

Sie nickte. »Was anderes hatte er nicht verdient.«

Elli lachte auf. »Da gebe ich dir recht. Was machst du in New York?«

»Ich hatte ein Bewerbungsgespräch in einer Kanzlei. Im neuen Jahr fange ich dort an. Du kommst auch nicht von hier, richtig?«

»Nein, aber bald wohne ich in der Stadt und eröffne mein neues Geschäft hier.«

»Wow. Expansion.«

Elli schob die Hände in die Jackenärmel, weil es trotz der Handschuhe kalt wurde. »Nicht wirklich. Eher Neuanfang.«

Ashley setzte ein hinreißend warmes Lächeln auf ihre Wangen. »Ich drücke dir die Daumen, dass alles gut geht.«

»Das wird es bestimmt. Danke.«

»Wenn du mit Cliff Probleme hast ...« Sie kramte eine Karte aus ihrem Mantel und reichte sie an Elli. »... melde dich. Ich bin Anwältin und habe gute Kontakte in der Branche.«

Elli nahm ihr die Karte ab. »Danke. Ich muss jetzt weiter.«

»Ich auch. Schön zu sehen, dass es dir gut geht. Vielleicht trifft man sich mal wieder.« Winkend ging sie davon.

Elli starrte auf die Karte und verstaute sie in ihrer Handtasche. Es gab einen Teil in ihr, der sich freute, dass Ashley den Absprung aus der Beziehung geschafft hatte. Ein anderer Teil grämte sich einen Moment lang, dass sie sich selbst viel länger gequält hatte. Seit sie Cliff vor die Tür gesetzt hatte, herrschte Funkstille zwischen ihnen. Der einzige Austausch lief über seinen Anwalt und bestand aus Massen an Papierkram und Stellungnahmen.

Seit Tim in ihr Leben getreten war, fiel es Nathan leichter, sich innerlich ebenfalls von Cliff zu lösen. Elli war froh darüber. Sie wollte mit diesem Ekel nichts mehr zu tun haben und spürte seit ein paar Wochen das erste Mal, was es hieß, glücklich verliebt zu sein.

Während sie gedankenversunken herumstand, kroch die Kälte unbarmherzig in die Fasern ihrer Kleidung. Durchgefroren ging sie weiter und schalt sich dafür, keine Mütze aufgesetzt zu haben. Sie wickelte einen Teil ihres Schals über die Ohren und eilte zum *Hazel Inn*.

***

In der Lobby saß Nathan am Empfang und unterstützte Pam fachmännisch. »Mom, möchtest du einchecken?«

Elli trat schmunzelnd an den Tresen heran. »Guten Tag, ich habe ein Zimmer im Hotel gebucht. Middleton mein Name.«

»Einen Moment bitte.« Er kritzelte ihren Namen auf einen Zettel und schob ihr eine eigens gebastelte Schlüsselkarte über den Tresen. »Einen angenehmen Aufenthalt. Reisen Sie allein?«

»Nein, ich habe meine wunderbare Familie dabei.«

Nathans Augen glänzten im Licht der Weihnachtslichterketten, die die Lobby säumten. »Mom, ich hab dich auch lieb.« Schnurstracks kam er hinter der Rezeption hervor und fiel ihr gegen die Brust.

Sie drückte ihn an sich. »Wie ich sehe, gefällt es dir hier.«

»Ja!«, rief er aufgeregt. »Und die nächsten Tage haben wir das Hotel ganz für uns allein. Das ist echt cool.«

Sie wuschelte ihm durch die Haare. »Ich weiß. Das wird toll. Wo sind die Mädchen?«

»Die helfen beim Kochen.«

»Auch Brooke?«

Er nickte. »Woanders macht das mehr Spaß als zu Hause, hat sie gesagt. Ich schaue nach, wie weit sie sind.« Er verschwand im Gang zur Schmalzstube.

Elli nahm ihre Jacke ab.

»Gib her, Schätzchen«, sagte Pam und legte die Jacke über die Stuhllehne, als Pete das Hotel betrat.

»Die Pferde haben Feierabend. Ich jetzt auch.« Symbolisch zog er den Hut vom Kopf und legte ihn auf den Tresen. Über die Rezeption hinweg gab er seiner Frau, die sich ihm entgegenreckte, einen Kuss auf den Mund.

Elli stand schweigend daneben. Pam und Pete waren völlig anders, als ihre eigenen Eltern es gewesen waren.

»Ich bin wirklich froh«, sagte sie, als die beiden sich zu ihr wandten, »dass wir hier sein dürfen.«

»Jederzeit, Schätzchen. Ihr könnt ein Zimmer haben, bis ihr eine Wohnung gefunden habt.«

»Das bedeutet mir wirklich viel. Ich habe überlegt, wie ich mich erkenntlich zeigen kann.«

»Das ist nicht nötig«, sagte Pete.

»Doch, und ich denke, ich habe ein wirklich passendes Geschenk für euch gefunden.« Sie öffnete ihre Handtasche, froh darüber, das Gewicht endlich loszuwerden und mit einer fast kindlichen Wonne den beiden eine Freude machen zu können. Vorsichtig zog sie ein in Weihnachtspapier gehülltes Päckchen hervor.

»Es ist noch gar nicht Weihnachtsmorgen.«

»Packt es trotzdem aus.« Neugierig beobachtete sie Pam und Pete dabei, wie sie das Präsent öffneten. Zum Vorschein kam eine handgefertigte Töpferware. Die Augen der beiden erhielten einen fröhlichen Glanz. Grübchen schoben sich auf Petes Gesicht.

Pam nahm überrascht die Hände ans Herz. »Jesses! Wie hübsch ist das denn?« Sie betrachtete den glasierten Haselnusszweig, der drei innig in ihren Hüllen liegende Früchte trug, von allen Seiten. »Du weißt nicht, was das für uns bedeutet.«

»Doch, ich glaube schon, und ich dachte, das passt als Dekoration wunderbar an den Tresen des *Hazel Inn*.«

Pete kam zu ihr und drückte sie väterlich an sich. »Danke, Elli. Das ist ein wundervolles Geschenk.« Seine Augen wirkten wässrig und er schniefte in ein Stofftaschentuch.

»Tim hat mir erzählt, dass es drei Haselnüsse waren, die euch damals das Glück brachten.«

»Das haben sie«, sagte Pam, der die Tränen der Rührung ebenfalls in den Augen standen.

Elli konnte nicht anders, als ebenfalls eine Träne zu verdrücken. »Da haben wir ein Erlebnis gemeinsam.« Sie schmunzelte und freute sich, dabei zuzusehen, wie Pam nach dem besten Platz für das besondere Stück suchte.

Noch während sie damit beschäftigt war, fielen vor dem Hotel zarte Schneeflocken vom Himmel. Erst vereinzelte, dann immer mehr. Aus dem einsetzenden Schneegestöber schälte sich kurz darauf Tim. Mit weiß bedeckten Haaren betrat er das Hotel.

Die Jacke warf er auf einen Sessel und schlang Elli in seine Arme. Ein warmer Kuss drückte sich auf ihre Lippen, die Kälte seiner Wangen hingegen kitzelte ihre Haut.

»Wie war dein Termin?«

»Großartig!«, rief sie. »Ich kriege das Geschäft.«

»Herzlichen Glückwunsch. Fehlt nur eine Wohnung.«

Sie nickte, während ein aufgeregtes Kribbeln in ihren Bauch stieg. »Ich habe darüber sorgfältig nachgedacht.« Sie spürte seinen Blick, wie er sich hoffnungsvoll in sie hineinbohrte. Mit einem Schlucken klärte sie ihren Hals. »Ich habe außerdem intensiv mit den Kindern darüber gesprochen und wir möchten es im neuen Jahr gern zusammen mit euch angehen.«

»Wirklich? Das ist ...« Tim sprach nicht zu Ende, sondern küsste sie erneut. »Ich freue mich riesig. Meine Wohnung ist nicht groß und wir müssten zeitnah nach einer anderen suchen. Brooke und Ginny würden sich ein Zimmer teilen und wir nehmen die Couch.«

Elli drückte sich an ihn. »Ich bin zuversichtlich, dass das klappt. Mehr Sorgen mache ich mir bezüglich der Schulwechsel, aber Brooke hat versichert, dass sie absolut keinen Bock mehr auf ihre bisherige Schule hat und froh ist zu gehen. Seit ihrer Anzeige bei der Polizei erlebt sie ganz schön viel Mist.«

»Das wird gut, glaube mir. Die Schule bei uns im Viertel ist klasse und auch Nathan wird sich schnell einleben.«

Sie nickte. »Danke, Tim.«

»Wofür denn?«

Sie überlegte, schaute einen Moment lang dem Schneetreiben zu und dann in die braunen Augen, die sie noch immer gefangen nahmen. »Für dieses Weihnachtswunder«, antwortete sie schließlich und versank in einem langen Kuss mit ihm.

Danksagung

Ich danke an allererster Stelle Steffi H., denn nur durch sie entstand dieser Roman überhaupt. Ihr Bild von einem Haselnusszweig im Status eines Messengerdienstes mit der Frage, ob sie es versuchen solle, und unsere sich daran anschließende kreative Unterhaltung waren es, durch die binnen einer Stunde eine komplette Geschichte in meinem Kopf entstand. Danke, liebe Steffi, dass du auch danach so hartnäckig auf die Fortsetzung meiner unausgereiften Erstversion gewartet und mich damit wahnsinnig motiviert hast, die Story Kapitel für Kapitel fertigzuschreiben. Es hat richtig Spaß gemacht!

Außerdem danke ich meinem Mann, der mir ein paar entscheidende Hinweise gegeben und wie immer bestens die Kinder versorgt hat, während ich in den Überarbeitungen hing. Meine liebe Familie, ihr seid mein persönliches Wunder!

Ich danke Manuela Tengler, die mit ihrem Lektorat dem Roman den letzten Schliff verpasst hat, Ina L. von dp Verlag für das Vertrauen in mein Manuskript und die Geduld mit meinen vielen Nachfragen, und ARTC.ore Design dafür, dass sie bereits das zweite tolle Cover für eines meiner Bücher gezaubert hat.

Mögen die Haselnüsse euch, lieben Leserinnen und Lesern, freudvolle Stunden bescheren und das Herz wärmen.
Ein frohes Weihnachtsfest und eine Zeit voller Wunder wünscht: Myla Lion.